Larsen: Die *Enigma Variationen,* Variationen über eine Melodie, die man nicht hört … Elgar, der Komponist, hat behauptet, daß es sich um ein sehr bekanntes Lied handeln würde, das aber niemand erkennen kann. Eine versteckte Melodie, man ahnt sie, sie klingt an und verschwindet, eine Melodie, der man nachträumen muß, ein Enigma eben, unbegreiflich, ebenso rätselhaft wie das Lächeln von Helene. – Frauen sind wie diese Melodie, man träumt von ihnen, aber man hört sie nie. Wen liebt man, wenn man liebt. Man weiß es nie.

Znorko: Ja. An dem Abend, als wir uns zum ersten Mal zärtliche Worte zuflüsterten, da hat sie mir diese Platte gezeigt, die *Enigma Variationen* von Elgar, sie hat mich liebevoll angelächelt und zu mir gesagt: »Wir flüstern uns zärtliche Worte der Liebe ins Ohr, aber wer sind wir? Wem sagst du es, dieses – ich liebe dich?«

Larsen: Und woran erkenne ich die Wahrheit?

Znorko: An ihrer Rücksichtslosigkeit. Die Lüge ist etwas Feines, etwas Künstlerisches, sie erzählt, wie es sein sollte, während die Wahrheit sich mit dem begnügt, was ist. Vergleichen Sie einen Wissenschaftler mit einem Schwindler: nur der Schwindler hat noch Sinn für ein Ideal.

Znorko: Arme kleine Wollust, die die Körper trennt, Wollust, die entzweit. Ende der Liebe. Jeder rollte auf seine Seite des Betts, wieder der Kälte ausgesetzt, der Wüste, dem Schweigen, dem Tod. Wir waren zwei. Immer und ewig. Es blieb nur die Erinnerung an den einen Augenblick, in dem ich dachte, aus mir selbst herauszutreten, eine Bitterkeit, traurig und betörend, wie der schwere Duft einer Magnolie an einem Sommerabend … Die Lust ist nichts weiter als ein Schiffbruch an der eigenen Einsamkeit.

Larsen: Ich sehe das nicht so wie Sie.

Larsen: Was ist gegenseitige Liebe? Zwei Träume, die ganz zufällig miteinander harmonieren, ein glückliches Mißverständnis, ein von beiden Seiten gut verstandenes Mißverständnis … Können wir uns nicht durch unsere Träume hindurch miteinander verständigen?

Znorko: Idiot. Beim Sex blickt man viel tiefer, hat man die Augen zu.

Larsen: Idiot. Bei der Liebe blickt man viel tiefer, hat man die Augen auf. Ich habe meine kleine Theorie darüber.

Eric-Emmanuel Schmitt
Enigma

(Variations Enigmatiques)

Aus dem Französischen
von Annette und Paul Bäcker

Libelle

Personen:

Abel Znorko, Schriftsteller
Erik Larsen, Journalist

Eine Dekoration

Das Arbeitszimmer von Abel Znorko, Literaturnobelpreisträger. Er lebt allein und zurückgezogen auf Rösvannöy, einer Insel vor der Küste Nordnorwegens. Der Raum, überladen, ein wenig exzentrisch, nur Holz und Bücher, öffnet sich zu einer Terrasse, hinter der man in der Ferne die Wogen der See ahnt.

Am Himmel sieht man die Zeit vergehen, ab und zu wird er von Wolken durchzogen und Schwärmen wilder Vögel. Es ist nachmittags, und zwar genau der Tag, an dem nach sechs Monaten Dauer der Polarsommer zuende geht und die Polarnacht anbricht, die das nächste halbe Jahr dauern wird. Während des Gesprächs wird die Dämmerung hereinbrechen und das Firmament in ein violettes Flammenmeer verwandeln.

Wenn der Vorhang aufgeht ist das Zimmer leer. Aus einer Stereo-Anlage hört man die Enigma Variationen *von Elgar. Dann fallen draußen zwei deutlich hörbare Schüsse. Dann ein Geräusch von schnellen Schritten. Man rennt. Durch die Terrassentür stürzt Erik Larsen herein, außer Atem, aber vor allem sehr erschrocken. Er ist ein Mann zwischen Dreißig und Vierzig, der sich noch etwas jungenhaft Waches und Sanftes bewahrt hat. Er schaut sich rasch hilfesuchend um. Von der Seite tritt Abel Znorko auf. Groß, herrisch, mit durchdringendem Blick, er schaut auf den Eindringling mit dem Auge eines Jägers. Hat er erst einmal den Raum betreten, wird er sofort zum Zentrum, zu einem absoluten Mittelpunkt. Er empfängt bei sich wie ein Weltschöpfer inmitten seines Universums. Nachdem er einen Moment lang die Verwirrung von Erik Larsen genossen hat, stellt er plötzlich die Musik ab. Erik Larsen dreht sich um, sieht den Schriftsteller und läuft ungestüm auf ihn zu.*

Larsen: Schnell, tun Sie was! Man hat eben auf mich geschossen. Auf dieser Insel muß ein Irrer sein. Als ich den Weg raufkam, sind mir zwei Kugeln um die Ohren geflogen und haben sich ins Portal gebohrt.

Znorko: Ich weiß.

Larsen: Wir müssen uns in Sicherheit bringen.

Znorko: Sie sind hier in Sicherheit.

Larsen: Was ist los?

Znorko: Nichts Dramatisches. Ich habe danebengeschossen, das ist alles.

Larsen tritt verdutzt einen Schritt zurück. Er kann nicht glauben, was er hört.

Larsen: Was?

Znorko: Es macht mir nichts aus, einen Fehler zuzugeben; ich gebe zu, mit wachsendem Alter treffe ich nicht mehr so gut wie früher. Oder glauben Sie, daß sich ein vernünftiger Mann einen Spaß daraus macht, sein eigenes Portal aus Holz zu durchlöchern?

Larsen stürzt zur Terrassentür, um wegzulaufen. Znorko stellt sich davor und hält ihn auf.

Znorko: Keine Angst. Ich schieße nur auf Leute, die sich meinem Haus nähern. Sind sie erst einmal drin, sind sie meine Gäste. Auf einen Eindringling zu feuern geschieht aus berechtigter Sorge, auf einen Gast anzulegen wäre Mord ... tss ... tss ... *(Hilft ihm liebenswürdig aus dem Mantel, fügt dann mit seltsamem Lächeln hinzu)* Mein Gast oder eine Leiche, das ist die Alternative.

Larsen: *(eisig)* Eine Wahl voller Qual ...

Znorko lacht, als würde es sich um eine weltmännische Höflichkeitsfloskel handeln. Larsen versucht die Unterhaltung in normale Bahnen zu lenken.

Larsen: Anscheinend haben Sie unsere Verabredung vergessen, Herr Znorko.

Znorko: Unsere Verabredung?

Larsen: Wir hatten vereinbart, uns hier auf Rösvannöy so gegen 16 Uhr zu treffen. Ich bin 300 Kilometer weit gefahren, und dann noch eine Stunde mit dem Boot, um auf Ihre Insel zu gelangen.

Znorko: Wer sind Sie?

Larsen: Erik Larsen.

Znorko sieht ihn an, als warte er weiter auf eine Antwort. Larsen glaubt, daß er ihn nicht verstanden hätte, wiederholt lauter.

Larsen: Erik Larsen.

Znorko: Und das reicht Ihnen als Antwort?

Larsen: Aber …

Znorko: *(ironisch, aber gut gelaunt)* Wenn Sie sich selbst befragten, sich unter einem Himmel voller schweigender und unzähliger Sterne die Frage stellten, wer Sie sind, ein breitarschiges Skelett, schlotternd mitten in einem feindlichen, günstigenfalls gleichgültigen Universum, antworteten Sie da nur mit: »Ich bin Erik Larden«? Begnügen Sie sich da einfach mit diesen paar stupiden Silben? »Ich bin Erik Larden« …

Larsen: *(automatisch)* Larsen!

Znorko: Oh, Verzeihung, Larsen … ich verstehe … die Quintessenz Ihres Seins liegt in dem »s« … Larsen … *(mokant)* Selbstverständlich, sehr beeindruckend, Larsen … Erik Larsen … das ist etwas, das ein ontologisches Loch füllt, das die Abgründe der Schöpfung zustopft … jaja, das Werk von Kant oder Plato scheint mir nur ein mäßiges metaphysisches Soufflé im Vergleich zur Konsistenz von diesem »s« … Larsen! Ja, sicher, leuchtet mir ein, wieso habe ich nicht gleich daran gedacht?

Larsen: Ich bin Journalist bei den »Nobrowsniker Nachrichten«, und Sie haben eingewilligt, mir ein Interview zu geben.

Znorko: Reine Erfindung! Ich hasse Journalisten und ich unterhalte mich nur mit mir selbst. *(Pause)* Ich sehe also nicht, aus welchem Grund ich mich hier von Ihnen überfallen lassen sollte?

Larsen: Ich auch nicht.

Pause. Sie schauen sich an, sie mustern sich. Larsen spricht dann ganz langsam.

Larsen: Sie haben mir den Termin schriftlich bestätigt.

Larsen reicht ihm ein Blatt Papier. Durch seine Hartnäckigkeit ein wenig gezwungen, nimmt Znorko das Blatt und überfliegt es kurz. Er genießt es, seinen Besucher zu verwirren.

Znorko: Amüsant. (Pause) Haben Sie eine Idee, was mich veranlaßt haben könnte, Ihnen dieses Interview zu gewähren?

Larsen: Ich habe da einige Vermutungen.

Znorko: So?

Sie schauen sich an. Pause.

Larsen: *(präzisiert)* Eine Vermutung.

Znorko: So! *(Plötzlich lächelt Znorko und wird wieder sehr liebenswürdig. Er klatscht in die Hände)* Gut, dann an die Arbeit. Ich nehme an, daß Sie so ein Ding dabei haben, auf dem ich eine Fistelstimme kriege und so lächerlich klinge, ein Bandgerät. *(Larsen holt es aus einer Umhängetasche)* Es sind immer die Leute, die mich aufnehmen, die mir dann aber Sätze in den Mund legen, die ich nie gesagt habe. Paradox, nicht wahr? Als würde man Krücken nehmen, um zu stolpern. *(Er setzt sich in einen Sessel)* Mögen Sie meine Bücher?

Larsen: Wollen Sie die Fragen stellen?

Znorko: Noch haben wir nicht angefangen. Mögen Sie meine Bücher?

Larsen: *(bereitet das Bandgerät vor)* Ich weiß es nicht.

Znorko: Wie bitte?

Larsen: Das ist so ähnlich wie mit dem lieben Gott, ich weiß es nicht.

Znorko: *(gereizt)* Könnten Sie sich etwas klarer ausdrücken.

Larsen: Vom lieben Gott hat man schon so viel gehört, ehe man ernsthaft anfängt, sich über dieses Thema den Kopf zu zerbrechen. Beginnt man dann aber darüber nachzudenken, ist man schon beeinflußt ... man ist irgendwie eingeschüchtert ... man sagt sich, die Menschen würden doch nicht seit tausenden von Jahren über ihn reden, wenn er nicht wirklich existieren würde. Ihr Ruhm bewirkt bei mir den gleichen Effekt: er hat mich stets daran gehindert, mir eine eigene Meinung zu bilden. Nobelpreis, übersetzt in dreißig Sprachen, Lehrstoff an allen großen Universitäten. Für mich haben Sie zuviel Glanz, das blendet meinen Blick.

Znorko: *(einfach)* Nobelpreis … lassen Sie sich nicht durch eine Medaille blenden.

Larsen: Man muß sie haben, um nicht beeindruckt zu sein. Sie sind der Einzige, der so bescheiden ist.

Znorko lacht laut.

Znorko: Bescheiden, ich? Ich glaube nicht, daß die Bescheidenheit existiert. Schauen Sie sich doch mal einen bescheidenen Menschen an: sein Erröten und seine Verlegenheit, das ist doch nichts anderes als eine Verdrehung seiner Unbescheidenheit, nur darauf aus, noch mehr Anerkennung einzuheimsen. *(Schaut plötzlich den Journalisten eindringlich an)* Sie wollen mir also höflich zu verstehen geben, daß Sie meine Bücher nicht mögen.

Larsen: Nein, aber Sie zu bewundern ist so sehr zu einem Dogma geworden, daß dies meine Bewunderung lähmt. Ich werde besser wissen, was ich davon zu halten habe, wenn Sie ein paar Jahre tot sind …

Znorko: *(leicht obenhin)* Charmant … Haben Sie mich wenigstens gelesen?

Larsen: *(sehr ernst)* Mehr als jeder andere! *(Pause. Ein leichtes Unbehagen auf beiden Seiten)* Können wir anfangen?

Znorko räuspert sich und nickt leicht mit dem Kopf. Larsen drückt auf die Aufnahmetaste.

Larsen: Sie haben soeben *Die uneingestandene Liebe* veröffentlicht. Ihr 21. Buch. Es handelt sich um Liebesbriefe zwischen einem Mann und einer Frau. Diese Leidenschaft wird zuerst höchst sinnlich und äußerst glücklich ein paar Monate lang gelebt, bis dann der Mann die Entscheidung fällt, dem ein Ende zu machen. Er verlangt die Trennung, eine Trennung der Leiber; er fordert, daß diese Leidenschaft in der Zukunft nur noch durch das Schreiben erlebt wird. Die Frau willigt ein, wenn auch widerwillig. Beide schreiben sich nun jahrelang, ich glaube fast 15 Jahre lang … das Buch besteht nun aus diesem sublimen Briefwechsel, der dann ganz plötzlich abbricht, mit einem Mal, vor ein paar Monaten, im letzten Winter, ohne ersichtlichen Grund …

Znorko: Ich war des Schreibens müde.

Larsen: Sie haben mit diesem Roman sehr überrascht: zum ersten Mal sprechen Sie von der Liebe. Normalerweise ist in erster Linie der philosophische Roman Ihr bevorzugtes Gebiet, Ihre Geschichten spielen alle in den Höhen des Geistes, weit weg von jedem Realismus, in einer Welt, die nur die Ihre ist. Aber hier beschreiben Sie auf einmal ein fast gewöhnliches, ein alltägliches Abenteuer … die Zuneigung eines Mannes – eines Schriftstellers immerhin – und einer Frau, eine Geschichte aus Fleisch und Blut, in der das Leben tobt. Und nach Meinung aller … ist das Ihr schönstes, Ihr sensibelstes, Ihr intimstes Buch … Die Kritiker, die Sie des öfteren schlecht behandelt haben, schwärmen. Ein wahres Lobkonzert. Hymnen.

Znorko: *(ehrlich erstaunt)* Wirklich?

Larsen: Lesen Sie keine Zeitungen?

Znorko: Nein.

Larsen: Haben Sie kein Radio, kein Fernsehen?

Znorko: Auf die Überflutung mit Banalitäten lege ich keinen Wert. *(Irritiert)* Also … die haben es gemocht? Ehrlich, ich werde diese Vögel nie verstehen. Und die sich selbst wahrscheinlich auch nicht. Egal ob die loben oder verreißen, sie reden und verstehen nichts. *(Spöttisch)* 25 Jahre Mißverständnis mit der Kritik, wenn das nicht eine tolle Karriere ist?

Larsen: Was geht in Ihnen vor, wenn Sie jetzt hören, daß dieses 21. Buch einhellig für ein Meisterwerk gehalten wird?

Znorko: Was in mir vorgeht? Daß es mir leid tut ... um meine anderen Bücher.

Larsen sieht ihn erstaunt an. Znorko hat plötzlich etwas Anrührendes.

Larsen: Das klingt so, als würde Sie Ihre Bücher lieben wie Kinder.

Znorko: *(weicht aus)* Ich lebe von ihnen; ich bin wie ein Vater, der sich aushalten läßt, aber ein dankbarer.

Larsen: *(mit Nachdruck)* Ich spüre an Ihrer Reaktion eine Art von Verbitterung. Sie haben alles, Talent, Erfolg, sind geehrt ... und doch scheinen Sie nicht glücklich zu sein.

Znorko: *(verschließt sich)* Wir schweifen ab. Zum Thema zurück.

Larsen: *(fährt mit dem Interview fort)* Können Sie uns etwas über diese Frau Eva Larmor erzählen?

Znorko: Bitte?

Larsen: Dieser Briefwechsel ist gezeichnet von Abel Znorko – Eva Larmor. Über Ihr Leben weiß ich einiges, aber absolut nichts über sie. Erzählen Sie uns etwas über Eva ...

Znorko: Aber diese Frau gibt es nicht.

Larsen: Wollen Sie damit sagen, daß die ganze Geschichte erfunden ist?

Znorko: Ich bin Schriftsteller, kein Fotokopiergerät.

Larsen: Aber trotz allem geht es in diesem Buch um Sie!!

Znorko: Mich?

Larsen: Der Mann in diesem Briefwechsel sind doch Sie! Wieso wären sonst die Briefe des Mannes mit Abel Znorko unterzeichnet?

Znorko: Weil ich sie geschrieben habe.

Larsen: Und die anderen, die von Eva Larmor unterschrieben sind?

Znorko: Die habe ich auch geschrieben, und die Frau, die ich war, als ich sie geschrieben habe, hieß Eva Larmor.

Larsen: Wollen Sie wirklich behaupten, daß diese Eva Larmor nicht existiert?

Znorko: Nein.

Larsen: Daß es auch kein Vorbild für sie gibt?

Znorko: Nicht, daß ich wüßte.

Larsen: Durch keine Frau, oder mehrere Frauen, die Sie einmal geliebt haben, wurden Sie inspiriert?

Znorko: Was geht das eigentlich Sie an? Das Schöne an einem Mysterium ist doch das Geheimnis, das in ihm wohnt, und nicht die Wahrheit, die es versteckt. *(Plötzlich barsch)* Wenn Sie in ein Restaurant gehen, betreten Sie das durch die Küche? Und beim Verlassen, wühlen Sie da in den Mülltonnen rum?

Larsen schaut ihn an. Er spürt, daß Znorko unangenehm zu werden droht, aber er fährt mutig fort.

Larsen: Ich dachte – war vielleicht dumm von mir – daß es da Details gibt, die man nicht erfinden kann.

Znorko: »Dumm«, das ist das richtige Wort. Ich würde zu gerne wissen, was ein Detail ist, das man nicht erfinden kann? Ist es nicht mein Talent als Romancier gerade Details zu erfinden, die man nicht erfinden kann, die ganz echt wirken? Wenn eine Seite authentisch klingt, dann verdankt sie das nicht dem Leben, sondern dem Talent ihres Autoren. Die Literatur stammelt nicht die Existenz nach, sie erfindet sie, lockt sie hervor, geht über sie hinaus, Herr Larden.

Larsen: *(stur)* Larsen. Sobald ich eine persönliche Frage stelle, blocken Sie ab.

Znorko: Ich bevorzuge intelligente Fragen.

Larsen: Ich mache nur meinen Beruf.

Znorko: Jeder schwachsinnige Gehirnamputierte würde mir die gleiche Frage stellen wie Sie: In welcher Beziehung steht das, was Sie schreiben, zu dem, was Sie leben? Durch das ständige Wiederkäuen von Ereignissen in euren Blättchen, durch das ständige Verbreiten von blutarmer Syntax, durch das ständige Abschreiben, Wiederabschreiben, Berichten, Wiederberichten seid ihr in euren Kreationen zu Krüppeln geworden und glaubt, daß jeder Mensch, der auch zur Feder greift, so handelt wie ihr! Ich, mein Herr, ich schöpfe, ich berichte nicht. Hätten Sie einen Homer gefragt, ob er auf dem Olymp gewohnt hat, inmitten der Götter?

Larsen: Halten Sie sich für Homer?

Znorko: Nein, aber ich halte Sie für einen Journalisten, was heißen soll, für etwas Unausstehliches!

Larsen packt wütend seine Sachen zusammen.

Larsen: Ausgezeichnet. Es tut mir leid, Ihnen solange auf die Nerven gefallen zu sein. Ich habe hier nichts mehr zu suchen! Ich … ich bitte, die Belästigung zu entschuldigen.

Znorko: *(ein wenig erstaunt)* Aber was haben Sie denn? Wir unterhalten uns doch in aller Ruhe. *(Lächelt)* Ich finde Sie viel weniger bescheuert als den Durchschnitt Ihrer Kollegen. Worüber beklagen Sie sich? Ich antworte Ihnen.

Larsen, genervt, weiß nicht, wie er ihn nehmen soll.

Larsen: Sie antworten aber nur mit Beleidigungen.

Znorko: Weil mir auf bestimmte Fragen nichts anderes zur Verfügung steht.

Larsen: Fühlen Sie sich Ihrem jeweiligen Gesprächspartner immer so überlegen?

Znorko: Sie wollen doch nicht behaupten, Sie wären mir überlegen?

Larsen: Nein, Herr Znorko, nein, ich behaupte gar nichts. Ich bin kein großer Schriftsteller, nicht mal ein Schriftsteller, ich habe noch nie eine einzige Zeile geschrieben, die es verdient hätte, in Erinnerung behalten zu werden, aber ich habe die Leute, mit denen ich zu tun hatte, stets respektiert und habe mir angewöhnt, wenn man mich was fragt, offen und ehrlich zu antworten.

Znorko: Erbärmliche Angewohnheiten.

Larsen: Gut, dann Adieu, mein Herr.

Znorko versucht ihn zurückzuhalten.

Znorko: Also, was wollen Sie eigentlich? Ich mache eine Ausnahme und empfange Sie, und Sie wollen gehen. Was genau wollen Sie, was Sie von mir nicht bekommen?

Larsen: Die Wahrheit.

Znorko: Werden Sie nicht gewöhnlich. Sagen Sie, Herr Larsen, immer die Wahrheit?

Larsen: *(verlegen)* Ich versuche es.

Znorko: Ich nie.

Larsen: Aber ich kenne Ihre erfundenen Geschichten, weiß darüber, was alle wissen. Wenn ich den Menschen kennenlernen wollte, dann deshalb, um mehr zu erfahren.

Znorko: Was macht Sie so sicher, daß die Wahrheit »mehr« bringt als die Lüge?

Larsen: Die Wahrheit!

Znorko: *(verschlossen)* Lassen Sie das, ich bin ein Fälscher und nichts anderes. Es tut mir leid, aber Sie haben sich im Geschäft geirrt: Wahrheit verkaufe ich nicht. Ich liefere nur Kunstgriffe. Kapieren Sie doch Ihre Widersprüche: Sie kommen, um einen Mann zu besuchen, der berühmt ist für das Fabrizieren von Lügen, und Sie verlangen von ihm, daß er Ihnen Wahrheit verkauft … Genauso gut könnten Sie Ihr Brot beim Metzger holen.

Larsen: Sie haben recht, ich habe mich geirrt. Auf Wiedersehen.

Er geht zur Tür. Plötzlich und sehr flink versperrt Znorko ihm den Weg. Er lächelt wieder sehr liebenswürdig.

Znorko: *(amüsiert)* Sieh mal an, so feige, wie ich glaubte, sind Sie nun doch nicht; ich hielt Sie, wie alle Ihre Kollegen, für unfähig in Rage zu geraten. Sie gefallen mir. *(Er schlägt ihm freundschaftlich auf die Schulter)* Also, nun beruhigen Sie sich mal und lassen Sie uns in aller Gelassenheit miteinander plaudern. Ich möchte, daß Sie bleiben. Ich werde Ihnen zuhören.

Larsen zögert kurz, setzt sich dann wieder auf die Couch.

Znorko: Möchten Sie etwas trinken? Ein Gläschen. Ein kleines Gläschen. *(In einem Singsang)* Es gibt nichts Besseres als ein kleines Gläschen, um die Kehle anzufeuchten.

Larsen nimmt das ihm angebotene Glas, die Spannung im bisherigen Gespräch hat ihn etwas mitgenommen.

Larsen: Als man mir erzählte, daß Sie unsympathisch wären, glaubte ich, man würde übertreiben.

Znorko: Ein Tip: hören Sie nie auf einen, der Gutes über mich sagt, hören Sie nur auf den, der Schlechtes über mich spricht: das ist der Einzige, der mich nicht unterschätzt.

Larsen: Man könnte glauben, daß Sie es genießen, unausstehlich zu sein ...

Znorko: Ich verabscheue diese neue Mode, die darin besteht »sympathisch« zu sein. Jeder umwedelt jeden, man beleckt sich, läßt sich belecken, man jault, man gibt Pfötchen, man zeigt die Zähne, um sie zählen zu lassen. »Sympathisch«, was für ein tiefer Fall! ...

Larsen: Ihr Ruf als Menschenfeind ist also kein Märchen. Wie lange wohnen Sie schon auf dieser Insel?

Znorko: Ungefähr zehn Jahre.

Larsen: Langweilen Sie sich nicht?

Znorko: *(einfach)* In meiner Begleitung? Nie.

Larsen: Ist das nicht anstrengend, mit einem Genie zusammenzuleben?

Znorko: Nicht so sehr wie mit einem Trottel. *(Er schaut zum Fenster raus)* Ich fühle mich sehr wohl auf Rösvannöy. Sechs Monate lang Morgenrot, die anderen sechs Dämmerung; so entgehe ich dem, was die Natur anderswo so anstrengend machen kann, den Jahreszeiten, dem unbeständigen Klima, diesem täglich idiotischen Tag- und Nachtwechsel. Hier, nahe am Pol, macht die Natur nicht soviel Wesen, sie stellt sich wie tot. *(Pause)* Dann das Meer, der Himmel, die Wiesen, große leere weiße Seiten, die sich selbst schreiben, ohne mein Zutun.

Larsen: Wieviel Jahre kann man zubringen, ohne jemals andere zu Gesicht zu bekommen?

Znorko: Wieviele Jahre kann man zubringen, jeden Tag andere zu Gesicht zu bekommen?

Larsen: Trotzdem, wenn man Sie liest, sind Ihre Romane so reich an präzisen Beschreibungen der menschlichen Natur, daß man zugeben muß, daß Sie, obwohl Sie keinen Umgang mit Menschen pflegen, alles über sie wissen.

Znorko: Danke. Aber das ist nicht mein Verdienst. Im Tierreich gibt es zwei Arten von Wesen, die besonders langweilig sind: Menschen und Fische. Beide hat man schnell durchschaut.

Larsen: Und was findet vor Ihren Augen Gnade?

Znorko: Die Wolken ... Die Katzen ...

Larsen: Ich mag Katzen nicht besonders.

Znorko: Das habe ich bei Ihrem Reinkommen gleich bemerkt.

Sie schauen sich gegenseitig an. Sie schweigen. Znorko setzt sich Larsen gegenüber und sieht ihn starr an. Dann murmelt er mit leiser Stimme, als würde er auf Larsens Stirn eine Art von Zauberformel lesen.

Znorko: Sie haben den offenen Blick eines Menschen mit Gefühl, Sie erwarten zuviel von den anderen, Sie wären fähig, sich für sie aufzuopfern, kurz, Sie sind ein guter Mensch. Aber Achtung, Sie sind gefährlich für sich selbst, Achtung.

Larsen senkt betroffen den Kopf, er ist beschämt. Versucht diesen Zauber zu brechen.

Larsen: Kommen wir auf Ihr Buch zurück. Erzählen Sie uns etwas über Ihre Einstellung zur Liebe.

Znorko: Wieso sagen Sie »uns«, wenn Sie mir eine Frage stellen?

Larsen: Ich spreche im Namen meiner Leser.

Znorko: Ach, du meine Güte! Ersparen Sie mir Ihren Größenwahn. Reden Sie nicht im Namen des Volkes, nur weil eine bestimmte Anzahl von Arschlöchern regelmäßig Ihren Wisch kauft, um Gemüse drin einzuwickeln.

Larsen: *(verbessert sich gehorsam)* Erzählen Sie mir etwas über Ihre Einstellung zur Liebe.

Znorko: Ich hasse die Liebe. Sie ist ein Gefühl, das ich stets zu vermeiden suchte. Was sie mir auch zurückzahlt.

Larsen: *(erstaunt)* Wollen Sie damit sagen, daß Sie nie verliebt waren?

Znorko: Doch, als ich achtzehn war, in der Zeit, als ich Alkohol, Zigaretten, Autos, Mädchen und all die anderen rituellen Symbole ausprobierte, von denen man meint, sie bedeuteten den Eintritt in die Erwachsenenwelt. Aber nein, kurz danach habe ich mich der Liebe entledigt …

Larsen: Dennoch … Sie sind geliebt worden?

Znorko: Begehrt. Ungeheuer oft. Leserinnen vermuten in einem Schriftsteller ein ganzes Bündel von Tugenden. Begab ich mich mal auf eine Buchmesse, provozierte ich genauso viele Ohnmachten wie ein Rockstar. Ich habe aufgehört zu zählen, wie viele hübsche Frauen mir ihren Körper angeboten haben und ihr Leben.

Larsen: Aha! Und weiter?

Znorko: Den Körper nahm ich, das Leben habe ich ihnen gelassen. *(Lacht)* Als junger Mann hatte ich mich sowieso bald auf die verheiratete Frau spezialisiert, um meine Ruhe zu haben: Ehebruch schützt vor Gefühlen.

Larsen: Hatten Sie keine Angst vor dem Zorn der Ehemänner?

Znorko: Ehemänner töten nicht aus Eifersucht, die sind bereits vorher eingeschlafen. *(Pause)* Nimmt Ihr Gerät uns im Moment auf?

Larsen: Ja.

Znorko: *(mit einem zweideutigen Blick)* Schauen Sie lieber mal nach.

Larsen: *(beugt sich über das Bandgerät)* Das Band dreht sich.

Znorko: *(fährt mit einem feinen Lächeln fort)* Es war nicht immer einfach, so außerhalb der Norm zu leben. Man muß schnell und weit laufen, um der triumphierenden Mittelmäßigkeit zu entkommen.

Larsen: Ich verstehe nicht, wie man die Liebe als etwas Mittelmäßiges bezeichnen kann.

Znorko: Schauen Sie, mein kleiner Larsen-Larden, ich werde Ihnen eine alte Legende von hier erzählen. Ein Märchen, das die alten Fischer des Nordens manchmal vor sich hinbrabbeln, wenn sie für den Dorschfang die Netze flicken.
Es war einmal, daß die Erde den Menschen mit Glück überhäufte. Das Leben schmeckte wie eine Orange, wie frisches Quellwasser und wie ein Mittagsschläfchen in der Sonne. Arbeit gab es nicht. Man aß, man trank, man schlief, und verspürten Mann und Weib mal einen Juckreiz zwischen den Schenkeln, dann knäulten sie sich auf ganz natürliche Weise zusammen, nichts hatte eine Konsequenz, es existierte nicht das Paar, sondern nur die Paarung, es gab kein Gesetz, das den Lenden eine Vorschrift machte, es herrschte allein das Vergnügen.

Aber das Paradies ist langweilig, ebenso wie das Glück. Der Mensch merkte, daß ein immer befriedigter Sex noch langweiliger war als der darauf folgende Schlaf. Also fing er an, der Gymnastik der Wollust überdrüssig zu werden.

Und so erschuf der Mensch das Verbot.

Er verfügte, daß bestimmte Beziehungen nicht erlaubt wären. Wie die Reiter bei einem Hindernisrennen, fand er die Bahn weniger langweilig, je mehr diese mit Hürden versperrt war. Das Verbot schmeckte nach saftiger Frucht, hatte aber auch den bitteren Nachgeschmack der Übertretung.

Aber man wird überdrüssig, immer auf die gleichen Berge zu kraxeln. Also mußte der Mensch noch etwas Komplizierteres als das Laster erfinden, er erfand das Unmögliche, er erfand die Liebe.

Larsen: Das ist lächerlich!

Znorko: Die Liebe ist doch nichts weiter als eine Perversion der Sexualität, ein Umweg, ein Irrtum, ein Querweg, auf dem die herumschlendern, die sich beim Koitus langweilen.

Larsen: Quatsch!

Znorko: Aber ja, begreifen Sie doch den Vorteil: Das Vergnügen ist doch nur momentan, flüchtig, stets vergänglich; die Liebe, die ist von Dauer. Endlich etwas Solides, problematisch zwar, aber etwas, das Bestand hat! Die Liebe gibt der Zeit Raum für eine Geschichte, schafft Situationen, Annäherungen, Zurückweisungen, Kummer, Seufzer, Freuden, Schmerzen, sie schlägt Haken, kurz die Liebe bietet den Reiz des Labyrinths. *(Einfach)* Also, mein kleiner Larsen, die Liebe ist nichts anderes als eine Geschichte, die im Leben nur von denen erfunden wird, die unfähig sind, mit Worten Geschichten zu erfinden.

Larsen: Haben Sie diese Legende soeben erfunden oder existiert sie wirklich?

Znorko: Was glauben Sie?

Larsen: Wer hat sie geschrieben?

Znorko: Wer schreibt Legenden?

Larsen seufzt und nimmt wieder seinen Notizblock.

Larsen: Wenn ich Sie richtig verstanden habe, dann haben Sie in Ihrem Leben die Liebe vermieden und sich nur mit dem Sex begnügt.

Znorko: So ist es!

Larsen: *(spöttisch)* Muß nicht so einfach sein, so allein mitten im Wasser.

Znorko: *(spöttisch)* Wie, glauben Sie, esse ich? Mit meinen spitzen Nägelchen die Borke von den Bäumen kratzend? Man beliefert mich hier mit allem, Brot, Gemüse, Fleisch, Weib.

Larsen: Ich weiß ... ich weiß ... Auf der Fähre hat mir der Steuermann von diesen Damen erzählt ... er hat mir sogar den Spitznamen zugeflüstert, den sie Ihnen gegeben haben ...

Znorko: So?

Larsen: Kennen Sie ihn?

Znorko: Nein.

Larsen: Der Menschenfresser von Rösvannöy.

Abel Znorko lacht schallend.

Larsen: *(geheimnisvoll)* Der Menschenfresser von Rösvannöy ... klingt malerisch wie eine Legende ... Wer erfindet Legenden? *(Pause)* Und was versteckt sich hinter Legenden?

Beide mustern sich kühl, stumm und kurz. Sie vermeiden wieder einen direkten Affront. Dann fährt Znorko professionell mit dem Interview fort.

Znorko: Um auf Ihre Frage zurückzukommen, der Mann in meinem Buch bin nicht ich. Ich verabscheue Zerstreuungen, die komplizieren. Ich habe mich von der Liebe ferngehalten, darin besteht meine Weisheit.

Larsen: Wirklich außergewöhnlich ... denn Sie beschreiben wie kein anderer die Befindlichkeiten der Liebe.

Znorko: Vielen Dank.

Larsen: Und noch viel besser, die einer enttäuschten Liebe. *(Znorko schaut ihn hart und verärgert an)* Diese Frau gibt es also nicht?

Znorko: Nein.

Larsen: Auf der ersten Seite Ihres Buches steht die Widmung »Für H.M.«? Wer ist das?

Znorko: Wenn ich gewollt hätte, daß man das erfährt, hätte ich den vollen Namen hingeschrieben.

Larsen: Sind das die Initialen der wirklichen Frau, mit der Sie diesen Briefwechsel geführt haben?

Znorko: Blödsinnige Spekulation.

Larsen: Das glaube ich Ihnen nicht.

Znorko: Das ist mir scheißegal.

Larsen: Wenn Ihnen alles so egal ist, was wollen Sie dann von mir? Warum haben Sie mich herkommen lassen? Warum ausgerechnet mich und nicht einen anderen?

Ohne ein Wort zu sagen, schaut Znorko ihn an. Er scheint plötzlich ziemlich niedergeschlagen zu sein. Er läßt sich auf einen Stuhl fallen. Larsen sieht ihm mitleidig an.

Larsen: Ich habe den Eindruck, daß Sie leiden ...

Znorko: *(müde)* Ich?

Larsen: ... daß Sie nicht glücklich sind.

Znorko: *(einfach, nachdenklich)* Glücklich, wozu?

Er schweigt gedankenversunken.

Larsen: Ihr Schweigen sagt mehr als alle Ihre Worte.

Znorko: *(müde)* Ersparen Sie mir Ihre Spitzfindigkeit, es geht mir ausgezeichnet.

Larsen geht zu ihm und legt ihm eine Hand auf die Schulter.

Larsen: Lassen Sie mich Ihnen helfen.

Znorko zuckt zusammen, aber die Hand von Larsen beruhigt ihn irgendwie. Einen Augenblick lang genießt er diesen ungewohnten Kontakt.

Larsen: *(sanft)* Ich bin einer von diesen unwichtigen Unbekannten, denen man an einem Abend zufällig sein Leben erzählt, ohne eigentlich genau zu wissen warum. Ich habe überhaupt keine Bedeutung. Ich kann alles hören ... bei und mit mir hat nichts eine Konsequenz ... *(Znorko seufzt)* Erzählen Sie mir von ihr.

Znorko steht plötzlich gereizt auf und wirft sein Glas gegen die Wand. Glasscherben.

Znorko: Lassen Sie mich in Ruhe! Ihre Freundlichkeit stinkt nach nassem Hund! Verschwinden Sie! Luft!

Larsen sieht ihn liebevoll an, rührt sich nicht, er glaubt ihm nicht. Znorko fühlt sich elend, er braust auf.

Znorko: Gehen Sie! Diese Neugierde, diese Fürsorge, die nehmen einem die Luft. Man erstickt, ist man mit Ihnen in einem Zimmer. Raus! Ich lüfte! Ich mache Durchzug! Adieu!

Er rennt raus auf die Terrasse, um in der Tat tief durchzuatmen, als könne er nicht länger die physische Nähe von Larsen ertragen. Larsen packt seine Sachen zusammen, Tonband, Notizblock, aber bevor er geht, begibt er sich zur Stereo-Anlage und stellt die Enigma Variationen *von Elgar wieder an. Überrascht wirft ihm Znorko einen bösen Blick zu.*

Znorko: Wer hat Ihnen das erlaubt?

Larsen: Die *Enigma Variationen*, meine Lieblingsmusik. *(Pause)* Die Ihre auch?

Znorko: Nun ...

Bricht dann ab, zuckt voller Verachtung mit den Schultern und vertieft sich in die Betrachtung der Landschaft. Larsen zieht seinen Regenmantel an.

Larsen: Sie tun so, als würden Sie keinen Menschen mögen, aber das ist nur vorgetäuscht. Ich habe erfahren, was Sie mit Ihrem Geld machen.

Znorko: Ich häufe es an, ich horte es.

Larsen: Sie spenden alles für medizinische Forschungszwecke.

Znorko: *(empört)* Unmöglich! Woher ... *(und er schweigt, glaubt, bereits zuviel verraten zu haben)* Stimmt nicht. *(Er zieht sich wieder in sein Schweigen zurück und schaut in die Ferne)* Stimmt nicht.

Larsen: Adieu, Herr Znorko.

Znorko: Adieu.

Larsen geht ab. Nachdenklich kommt Znorko zurück ins Zimmer. Zögernd schaut er sich um. Er überlegt. Dann geht er durch die Innentür ab. Die Musik spielt weiter. Nach ein paar Sekunden hört man draußen wieder zwei Schüsse, dann wieder ein schnelles Rennen. Larsen kommt zurück, außer Atem, aber diesmal mehr wütend als ängstlich. Ruhig und selbstbewußt erscheint Znorko.

Larsen: Sie sind wahnsinnig, vollkommen wahnsinnig! Die Kugeln sind nur ein paar Zentimeter an mir vorbeigeflogen.

Znorko: Und welche Schlüsse ziehen Sie daraus? Daß ich gut oder schlecht schieße?

Wütend wirft Larsen seine Sachen auf den Boden.

Larsen: Was genau erwarten Sie eigentlich von mir?

Znorko: Ihre Eindrücke. Wie man sich fühlt, wenn man für einen Hasen gehalten wird?

Larsen: Was wollen Sie von mir? Sagen Sie's, damit das hier ein Ende hat!

Znorko: *(liebenswürdig)* Setzen Sie sich. Möchten Sie etwas trinken? Ein Gläschen. Nur ein kleines Gläschen. *(In einem Singsang)* Es gibt nichts Besseres als ein kleines Gläschen, um die Kehle anzufeuchten ...

Larsen: Spielen Sie doch jetzt nicht den Gastfreundlichen, das ist zu viel. Man schießt nicht auf wen und lädt den dreißig Sekunden später auf ein Glas ein!

Znorko schenkt sich ein Glas ein. Als er es zum Mund führen will, reißt es ihm Larsen wütend weg und trinkt es in einem Zug aus. Gelassen schenkt sich Znorko ein anderes Glas ein.

Larsen: Es wäre für Sie ganz einfach gewesen, unser Gespräch abzulehnen, so wie Sie's bei allen meinen Kollegen getan haben. Sie aber haben mich nicht nur empfangen, Sie hindern mich sogar daran zu gehen. Was erwarten Sie bloß von mir?

Sie schauen sich an.

Znorko: Und Sie, was wollen Sie? Woher wissen Sie, was ich mit meinem Geld mache? Ich habe auf Geheimhaltung bestanden.

Larsen: Reine Recherche. Sie spenden enorme Summen für medizinische Zwecke, zur Grundlagenforschung von Schwersterkrankungen. Jeder andere würde sich damit brüsten und das an die große Glocke hängen, hätte er nur ein Zehntel davon gespendet. Wieso schweigen Sie darüber?

Znorko: *(brummt)* Ich gebe nicht aus Güte, ich gebe aus Angst. *(Znorko zuckt mit den Schultern, wechselt dann schnell das Thema. Er holt das Tonband aus der Umhängetasche von Larsen und hält es ihm vor die Nase)* Und was machen Sie hier? Sie sind der erste Journalist, der es geschafft hat, so ein Gerät … ohne Strom und Batterien in Gang zu setzen!

Larsen: Ich …

Znorko: Haben Sie das etwa nicht bemerkt? Als ich Sie danach gefragt habe, haben Sie versichert, das Band drehe sich.

Larsen: Ja … nun … es ist kaputt gegangen während der Reise … sind sowieso unnütz, diese Geräte … ich hab nur so getan als ob … mir reicht mein Gedächtnis …

Znorko: (skeptisch) Ah ja?

Larsen setzt sich. Er schaut Znorko herausfordernd an.

Larsen: Ich bleibe. Was mich bei Lügnern besonders amüsiert, ist die Tatsache, daß sie gar nicht anders können, als doch noch die Wahrheit zu sagen. Ich kann warten.

Znorko: Haben Sie genügend Proviant dabei?

Larsen: Ich warte.

Znorko: Worauf?

Sie sehen sich abschätzend an. Znorko zieht leichthin ein Resümee.

Znorko: Was erwartet ein Mann von einem anderen Mann? Da diese Frage bis dato noch von niemandem beantwortet werden konnte, pflegen sie weiter miteinander umzugehen, die Männer.

Larsen: Was wollen Sie?

Znorko: Und Sie? *(Pause)* Schreckliche Sackgasse: man ist zu zweit, aber keiner redet als erster.

Er schenkt beiden neu ein.

Znorko: Erzählen Sie mir in der Zwischenzeit etwas über sich.

Larsen: Ich weiß nicht, weshalb ich Lust haben sollte, Ihnen etwas zu erzählen.

Znorko: Sind Sie verheiratet? *(Larsen antwortet nicht)* Aber natürlich, ja. Sie sind verheiratet und in Ihre Frau verliebt, jedenfalls glauben Sie das.

Larsen: Wie kommen Sie darauf?

Znorko: Von Ihnen geht so ein Geruch nach intensivem Eheleben aus; es riecht nach Pantoffeln, Eintopf, sauberen Kippen, dem Garten am Sonntag und zwischen den Laken Lavendel … Ich kann mir nicht vorstellen, daß Sie es wagen würden, anders als die Anderen glücklich zu sein. Alles voll normal, aber voller Trübsal.

Er fängt an zu lachen.

Larsen: In Ihren Augen bin ich also lächerlich?

Znorko: Schlimmer: gewöhnlich.

Larsen: Sie urteilen über die Menschheit, als hielten Sie sich für etwas Besseres.

Znorko: Ich bin ein Despot, hochmütig, unausstehlich, alles, was Sie wollen, aber gewöhnlich, nein, das bin ich nicht.

Larsen: In der Tat, sehr merkwürdig diese Manier, Leute am Gehen zu hindern, um ihnen dann Beleidigungen an den Kopf zu werfen … Was versteckt sich dahinter?

Znorko: *(lächelt)* Gute Frage.

Larsen: Nun … irgendwie spricht aus Ihnen Haß: warum? Wo kommt der her, dieser Haß. Haß hat niemals Haß als Ursprung, er drückt … etwas anderes aus … Leid, Enttäuschung, Eifersucht, Angst …

Znorko: Ein Philosoph? Uns bleibt wirklich keine Banalität erspart.

Larsen: Die Liebe spricht nur im Namen der Liebe. Haß spricht stets im Namen von etwas anderem. Worunter leiden Sie?

Znorko: Richtig rührend diese Fülle von Mitleid … Können Sie sich für andere nie anders interessieren denn als Krankenschwester?

Larsen: *(mit rührender Offenheit)* Nein. Das kann ich nicht. Schaue ich einen Menschen an, sehe ich jemanden, der sterben wird.

Znorko: Morbide.

Larsen: Das ist auch der Grund, warum ich keine Wutausbrüche kenne, nie beleidigend werde, nie mit Fäusten auf einen losgehe. Unter dem Fleisch sehe ich stets das Skelett.

Znorko: *(wütend)* Wie auch immer, mir geht es ausgezeichnet. Herzlichen Dank.

Larsen: Tatsächlich? Sie krepieren doch hier vor lauter Langeweile und Einsamkeit, so sehr, daß Sie eine Zirkusnummer abziehen, um den Erstbesten dazubehalten.

Znorko: Sie sind aber nicht der Erstbeste.

Larsen: So? Warum? *(Pause)* Es wäre an der Zeit, es mir zu erklären.

Znorko zögert, setzt sich dann wieder.

Znorko: Na gut, einverstanden. Wir haben uns lange genug beschnuppert. *(Er entscheidet sich, ganz offen zu sprechen)* Ich ... ich habe Sie herkommen lassen, als ich mitbekam, daß Sie in ... Nobrowsnik wohnen. Sie wohnen doch in Nobrowsnik?

Larsen: *(zufrieden mit der neuen Wendung des Gesprächs)* Ja.

Znorko: Ich hätte zu gern mal wieder etwas über Nobrowsnik gehört ...

Larsen entspannt sich und grinst. Er scheint von Znorkos Wunsch nicht sonderlich überrascht.

Znorko: Erzählen Sie mir von Nobrowsnik!

Larsen: Kennen Sie es?

Znorko: Ja ... nein ... sagen wir also, ich bin zwar noch nie dort gewesen, aber ich habe davon gehört. Warum fragen Sie?

Larsen: Ihr Buch ... In *Die uneingestandene Liebe* beschreiben Sie die Stadt, in der diese Frau lebt, die geliebte Frau ... nun, ich hatte den Eindruck, daß es sich dabei um Nobrowsnik handelt.

Znorko: *(verlegen)* So?

Larsen: Ja, zwar haben Sie dieses Städtchen anders genannt, aber so wie Eva Larmor die sternförmig angeordneten Straßen schildert, von der Kirche aus Eisen und blauen Holzbohlen erzählt, da beschreibt sie doch Nobrowsnik.

Znorko: Reiner Zufall ...

Larsen: Auch ihre minutiöse Schilderung des Brunnens aus dem 17. Jahrhundert mit den Abbildungen von der Eroberung der Nordländer durch König Gustav? Es ist der einzige Brunnen aus dem 17. Jahrhundert mit figurativen Darstellungen. Und der befindet sich in Nobrowsnik ... Unglaublich, nicht wahr, für einen, der Nobrowsnik nicht kennt?

Znorko: Ja ... ja ... manchmal haben wir solche Visionen ... aber wahrscheinlich sind Sie nicht der einzige Einwohner von Nobrowsnik, dem diese Ähnlichkeit aufgefallen ist?

Larsen: Bestimmt nicht ... obwohl Sie, fürchte ich, in einem so kleinen Städtchen nicht allzu viele Leser haben dürften ...

Znorko: *(enttäuscht)* So? In der Tat ... Sie haben also dort mit niemandem über mein Buch gesprochen?

Larsen: Nein, nicht das ich wüßte ... *(Sein Gesicht hellt sich auf)* Oh doch, jemanden gibt es dort, der Sie liest, der Sie sehr mag, sogar sehr verehrt, aber ja, wie konnte ich das nur vergessen!

Znorko: *(fast wie im Fieber)* Ja? Sagen Sie's, sagen Sie's ... wer ...

Larsen: Der Pastor. Ja, der Pastor ist ganz verrückt nach Ihnen, ich schwör's. Und das ist ein sehr anspruchsvoller Mann, mit einer bemerkenswerten Bildung.

Znorko scheint tief enttäuscht zu sein, worüber sich Larsen freut.

Znorko: Aber ... mir scheint doch ... daß ... wenn ich mich recht erinnere ... daß ich mal ein oder zwei Briefe aus Nobrowsnik bekommen habe ... in meiner umfangreichen Post ... Briefe von einer Frau, einer Frau, die in Ihrem kleinen Städtchen Literatur unterrichtete ... warten Sie mal ... wie war noch ihr Name ...

Larsen: Eine Frau ... unterrichtete Literatur ... eine attraktive Frau?

Znorko: Ja, sehr attraktiv sogar! *(Versucht, dies sofort ungesagt zu machen)* Naja, keine Ahnung, soweit man sowas durch die Post beurteilen kann, nicht wahr ... Aber sie schrieb mit der Sicherheit und dem Selbstbewußtsein einer Frau, die weiß, daß Männer ihr nichts abschlagen können ... wie heißt sie denn nur ... Helene.

Larsen: Helene Metternach.

Znorko: Genau! Helene Metternach! Kennen Sie sie?

Larsen: Selbstverständlich. Nobrowsnik ist klein.

Znorko: Wie geht es ihr? Ich habe nichts mehr von ihr gehört.

Larsen steht auf und sagt sichtbar erstaunt.

Larsen: Sie wollen mir doch nicht erzählen, daß Sie mich deswegen hierherkommen ließen, um etwas über Helene Metternach zu erfahren?!

Znorko: Nein … nein, natürlich nicht … Sie sind vielleicht komisch … ich bitte Sie … aber weil wir gerade dabei sind … Sie haben sich nie zufälligerweise mit ihr über mich unterhalten?

Larsen: Nein, nie. Wirklich niemals. Wir haben weder über Sie gesprochen, noch über Ihre Bücher.

Znorko lächelt entzückt.

Znorko: Warum eigentlich auch. Wieso hätten Sie das tun sollen?

Larsen: Ja, warum? *(Pause)* Sie haben Ihr Buch H. M. gewidmet … ist das Helene Metternach?

Znorko lacht laut auf.

Znorko: Was für eine komische Idee …

Larsen: Sie lachen etwas zu laut …

Znorko: Glauben Sie, ich würde ein Buch einer mich anhimmelnden Literaturlehrerin aus einem hinterletzten Eisloch widmen, nur weil die mir zwei- oder dreimal geschrieben hat, um mich darüber zu unterrichten, wie sehr sie meine Bücher schätzt? Wäre dem so, müßte ich jeden Tag in zwanzig Romane Widmungen schreiben: mein durchschnittlicher täglicher Posteingang.

Larsen: Sie erklären etwas zu viel … H. M. ist also doch Helene Metternach?

Znorko: Hören Sie, um Sie zu beruhigen, werde ich Ihnen verraten, wer H.M. ist. Es handelt sich um Henri Metzger, meinen ersten Verleger. Ihm verdanke ich meine ganze Karriere. Aber da er tot ist und ich den Verlag gewechselt habe, habe ich mich aus Rücksicht auf meinen neuen Verleger nur auf die Initialen beschränkt.

Larsen: Soso …

Znorko: Ich hatte Sie gewarnt: die Wahrheit ist immer enttäuschend.

Larsen steht auf, nimmt Mantel und Tasche.

Larsen: Na gut, Herr Znorko, dann will ich Ihre Zeit nicht länger in Anspruch nehmen. Tausend Dank für dieses Exklusiv-Interview. Ich werde jetzt nach Hause fahren, es abtippen und an meine Redaktion schicken.

Znorko: Wieso? Wir sind doch noch gar nicht fertig.

Larsen: Ich habe Ihnen von Nobrowsnik erzählt. Sie haben mich vollgestopft mit geflügelten Worten. Alles ist bestens.

Znorko: Was? Ich habe doch gar nichts gesagt!

Larsen: Wissen Sie, machen wir uns doch nichts vor. In meiner Zeitung ist für Kultur nur wenig Platz, selbst für Sie wird man mir in der Mittwochausgabe höchstens eine halbe Seite genehmigen. Dafür reicht's.

Znorko: Nun kommen Sie … kommen Sie … ein Nobelpreisträger empfängt Sie … ein Nobelpreisträger gewährt einer Lokalzeitung ein Exklusiv-Interview … Sie werden das Ihrem Chefredakteur erklären und …

Larsen: Er ist Analphabet! *(Er packt sein Tonbandgerät ein)* Nein, nein, die einzige Möglichkeit, um aus dem Feuilleton rauszukommen, wäre ein Ereignis, eine sensationelle Neuigkeit, die einen Ressortwechsel rechtfertigen würde.

Znorko: Welcher Art?

Larsen: Daß Sie einige Jahre in Nobrowsnik gelebt haben ... in Nobrowsnik die Frau Ihres Lebens kennengelernt ... in Nobrowsnik mit ihr Stunden der Liebe verbracht haben ... sowas würde einen längeren Artikel rechtfertigen ... aber sonst ... bekommen Sie nur eine Spalte, die man der Literatur zubilligt und keine Zeile mehr.

Znorko verstellt ihm den Ausgang.

Znorko: Gut, Sie wollen eine Neuigkeit, Sie sollen sie haben, und was für eine! Und völlig exklusiv! Kommen Sie, mein Junge, Sie werden doch diese vielen Kilometer nicht umsonst gefahren sein, Sie würden mich beleidigen ...

Znorko bemüht sich, Larsen zurückzuhalten.

Znorko: Sie wollen eine Enthüllung? Na gut, Sie werden sie kriegen, Ihre Enthüllung.

Larsen: *(unnachgiebig)* Warum sollten Sie mir ein solches Geschenk machen?

Znorko: Das ist kein Geschenk, das ist ein Handel. Ich gebe Ihnen eine Information, Sie erweisen mir dafür einen Dienst.

Larsen: *(immer noch unnachgiebig)* Was für einen Dienst?

Znorko: Einen Brief von mir mitnehmen und ihn eigenhändig übergeben.

Larsen setzt sich wieder. Pause.

Larsen: Sie werden wieder lügen.

Znorko: Wie gerne täte ich das.

Larsen: Und woran erkenne ich die Wahrheit?

Znorko: An ihrer Rücksichtslosigkeit. Die Lüge ist etwas Feines, etwas Künstlerisches, sie erzählt, wie es sein sollte, während die Wahrheit sich mit dem begnügt, was ist. Vergleichen Sie einen Wissenschaftler mit einem Schwindler: nur der Schwindler hat noch Sinn für ein Ideal.

Larsen: Ich höre.

Znorko: *(langsam)* Die Eva Larmor in meinem Buch ist von einer lebenden Person beeinflußt worden, einer Frau, die ich geliebt habe. Von Ihrer Mitbürgerin Helene Metternach.

Larsen zeigt sich auffällig überrascht.

Larsen: Nein?

Znorko: Doch. Wir haben uns vor fünfzehn Jahren kennengelernt. *(Er lächelt, glücklich darüber, sich wieder zu erinnern)* Ich habe Helene bei einem Kongreß über »Junge Nordische Literatur« getroffen. Sie nahm als Studentin teil, saß in der 3. Reihe, hatte ihre Beine in den Gang gestreckt. Bereits beim ersten Anblick hatte ich das Gefühl, daß sie mir irgendwie vertraut vorkam. Hatte ich sie schon mal gesehen? Nein. Aber dadurch, daß ich sie immer wieder ansehen mußte, kam ich rasch hinter den Grund dieses Gefühls von Vertrautheit: es entsprang ihrer Häßlichkeit.

Larsen: Wie bitte?

Znorko: Das Gesicht schöner Menschen hat immer etwas Wohlgeformtes, selbst wenn sie hemmungslos hohl sind; unansehnliche Menschen sind dazu gezwungen zu lächeln, sie müssen mit ihren Augen glänzen, müssen einen ausdrucksvollen Mund haben, um ein farbloses Gesicht mit Leben zu erfüllen ... Man behielt nicht die Züge ihres Gesichtes in Erinnerung, sondern die Gefühle, die es ausdrückte. Helene war dazu verdammt, sich ständig auszudrücken. Dazu war sie mit einer Haut geschlagen, die mir Unbehagen bereitete. Nur vom bloßen Ansehen überlief mich ein Schauer von Verlegenheit, als würde sich ihr Fleisch zum Anfassen anbieten ... Ich wagte es kaum, mich zu Helene rüberzuwenden, ich hatte das Gefühl, dabei ertappt zu werden, wie ich sie gerade drücke, sie berühre, sie begrapsche. »Dieses arme Mädchen«, sagte ich mir, »hat eine unkeusche Haut.« Ihre Figur war nicht besser. Objektiv war Helene gut gebaut, aber ich weiß nicht, was mich anwiderte … sogar anekelte … das war etwas … wie … Mitleid … Ja, ich empfand eine Art von angeekelter Rührung für diese zu festen, zu hohen, zu spitzen Brüste, für diese zu runden Hinterbacken, für diese zu strammen Waden, ich fand die Kurven ihres Körpers enorm, obszön, trotz ihrer Kleidung war sie nackt; sie machte mich zu einem Voyeur. Heimlich beobachtete ich meine Kollegen; ich war davon überzeugt, daß wir alle diese Zurschaustellung ihres unverschämten weiblichen Fleischs bemerkt hatten. Dieses Unbehagen verließ mich nicht mehr.

Am Abend, beim Empfang, kamen wir ein wenig ins Gespräch. Charme. Stimme. Lächeln. Man plauderte. Die Unanständigkeit ihres Körpers schien ihr vollkommen unbewußt zu sein.

Als ich die Nacht schlafen ging, dachte ich an sie: »Das arme Mädchen«, sagte ich mir wiederholt, »hat alle Vorzüge dieser Welt, nur den einen nicht, einen Mann in sich verliebt zu machen.« Ich stellte sie mir nackt vor und mußte darüber lachen. Ich fand die Natur nachlässig, ungerecht. Mich empfand ich als grausam. Schade.

Ich beobachtete sie jeden Tag, und dachte an sie jeden Abend vor dem Einschlafen. Eines Morgens bekam ich mit, daß einer meiner Kollegen vom Seminar ein Auge auf sie geworfen hatte. Ich mußte tief schlucken: wollte er sich über sie lustig machen?

Sofort dachte ich daran, diese Frau zu beschützen. Ich stand vom Tisch auf, ging in ihr Büro und lud sie für den gleichen Abend zum Essen ein. Ich war sehr zufrieden mit mir: zumindest würde das arme Ding den Nachstellungen dieses Filou entgehen.

Am Abend dann machte ich mir den Spaß, mich wie auf ein galantes Rendezvous vorzubereiten. Ich zog mich um, holte sie mit einem Taxi ab, machte ihr die Ehre, sie in eines der besten Restaurants der Stadt auszuführen, und da, fast ohne Absicht, fing ich an, sie zu verführen. Ein Manöver, das mich amüsierte: schließlich tat ich ein gutes Werk und gab dieser Frau das, was ihr ohne Zweifel kein anderer Mann geben würde. Ich schwamm in Güte und Fürsorge, ich berauschte mich an meinem guten Herzen …

Um Mitternacht begleitete ich sie nach Hause. Sie schlug das übliche letzte Glas vor. Spaßeshalber nahm ich an. Würde sie so weiter machen, wäre das Spiel perfekt.

Wir tranken, wir redeten. Ich schaute sie an, wie sie auf ihrem schmalen Studentenbettchen saß, ich hatte große Lust auf Liebe. Dachte allerdings dabei, »schade, daß sie so häßlich ist.« Wer streckte die Hand aus?

Eine Stunde später lagen wir uns in den Armen. Es war wie eine Erleuchtung, als wäre die Nacht ein Morgen … Was hatte ich von ihrem Körper gesagt? Ihr Körper war perfekt, ihre Haut wie Seide, ich schwamm in ihr, versank in ihr, ich war trunken von dieser Frau. *(Eine Pause)* Hüten Sie sich vor Frauen, die Sie häßlich finden, die sind unwiderstehlich …

Larsen: Ich bin nicht so kompliziert wie Sie. Ich fand Helene Metternach auf den ersten Blick eine prachtvolle Frau.

Znorko: Das Ergebnis der Chemie unserer Liebe: seitdem sehen alle Männer sie mit meinen Augen.

Larsen: *(zweifelnd)* Das erklärt mir nicht, wie Sie sie verführt haben.

Znorko: Nicht ich habe sie verführt, sie hat mich verführt … Wenn ein Mann fällt, kann keine Frau widerstehen. *(Pause, er versinkt in Erinnerungen, wird ganz ehrlich)* Bei ihr war ich wie hilflos, ich war wieder fünf, zehn, zwanzig Jahre alt, ich durchlebte alle meine Altersstufen, nur durch sie habe ich mit vierzig Jahren endlich meine Kindheit erlebt und meine Jugend. *(Glücklich, über sich selbst zu sprechen, fährt er fort)* Ohne uns auch nur einmal zu trennen, haben wir mehrere Monate zusammengelebt, ich hatte eine kleine Wohnung nicht weit von der Universität gemietet. Meine Eitelkeit war in ihren Augen Humor, ich brachte sie zum Lachen, ich glaube, ich war richtig hinreißend geworden. Ich überhäufte sie mit Geschenken, zum ersten Mal wußte ich, wohin mit meinem Geld. Und sie liebte mich so sehr, daß sie mich dazu brachte, mich selbst zu lieben.

Larsen: Warum haben Sie sie nicht geheiratet?

Znorko: *(lacht)* Für einen Schriftsteller ist die Ehe wie ein Scheuerlappen mitten in der Bibliothek. *(Pause)* Ich bevorzuge eine kurze Verrücktheit, statt einer langen Dummheit.

Larsen: Speisen Sie mich nicht mit einem Bonmot ab! Warum haben Sie eine Trennung provoziert? Reagierten Sie auf Glück allergisch?

Znorko: Ich habe an Helene gehangen. Als wir uns geschworen haben, uns »immer« zu lieben, wollte ich, daß dieses »immer« wirklich immer währt. Ich weiß, daß gerade die heftigsten Leidenschaften Ewigkeit versprechen, daß diese Ewigkeit aber gewöhnlich sehr schnell vorüber geht.

Larsen: Hatten Sie Angst, daß Ihr Liebesrausch bald erkalten könnte?

Znorko: Natürlich. Man kann auch nicht versprechen, immer Fieber zu haben. Ich bestand auf Trennung, um unsere Liebe zu kräftigen.

Larsen: Ich verstehe noch immer nicht.

Znorko: Sie verstehen nicht? Aber das Leben zu zweit entwickelte eine unerträgliche Spannung! Zusammenzusein im gleichen Zimmer, im gleichen Bett, das erinnerte uns ständig daran, daß wir getrennt waren. Nie habe ich mich so allein gefühlt, obwohl wir uns ständig berührten. Wir stürzten uns aufeinander, um einen Hunger zu stillen, der mächtiger war als wir, einen Hunger, der nicht zu befriedigen war, der zu einem Wahn wurde, wir liebten uns Tag und Nacht ... liebten uns lang, wild ... wir wollten ein Fleisch sein. Jede Trennung wurde zu einer Abtrennung ... berührten wir uns nicht, schrie ich vor Zorn, ich schlug auf die Wände ein ... ging sie nur für einen Tag weg, verkümmerte ich ... Wir hörten bald auf, die Wohnung zu verlassen, fünf Monate lang, glaube ich, haben wir in einer Art von Umklammerung zugebracht.

Was es in der Liebe an Verzweiflung gibt, das habe ich durch sie kennengelernt. Haben Sie jemals die Qual gespürt, die in einer Liebkosung steckt? Man denkt doch, daß eine Liebkosung einander näher bringt? Sie trennt uns. Eine Liebkosung erregt, sie überreizt, die Distanz gräbt sich zwischen Hand und Haut, in jeder Liebkosung lauert ein Schmerz, der Schmerz, sich nie ganz und gar vereinigen zu können; die Liebkosung ist ein Mißverständnis zwischen einer Einsamkeit, die nach Nähe sucht, und einer Einsamkeit, die nach Nähe verlangt ... aber das funktioniert nicht ... je mehr man sich bemüht, um so weniger erreicht man ... man glaubt, einen Körper zu liebkosen, aber man verwundet ihn nur ...

Also preßten wir uns aneinander, Lippe auf Lippe, Zahn an Zahn, vermischten unsere Speichel; wie zwei Rettungsschwimmer oder zwei Ertrinkende atmeten wir Mund zu Mund, Herz an Herz, ich versuchte, mich in sie hineinzustoßen, sie versuchte, in mir zu ertrinken, wir wollten all das, was uns trennte, abschleifen, zerstören, wir wollten ineinander verschwinden, eins werden, eine endliche und endgültige Verschmelzung! Aber wir konnten noch so sehr schreien, uns abstrampeln, ich blieb wie auf Besuch, den sie nur empfing. Ich blieb ich, sie blieb sie.

So blieb uns nur, trotz der Unmöglichkeit uns zu vereinen, die Hoffnung auf die Wollust; wir spürten sie in uns aufsteigen, unaufhaltsam, die Sekunde, in der wir vielleicht endlich ... Ein Krampf. Noch ein Krampf. Und wieder Einsamkeit ...

Arme kleine Wollust, die die Körper trennt, Wollust, die entzweit. Ende der Liebe. Jeder rollte auf seine Seite des Betts, wieder der Kälte ausgesetzt, der Wüste, dem Schweigen, dem Tod. Wir waren zwei. Immer und ewig. Es blieb nur die Erinnerung an den einen Augenblick, in dem ich dachte, aus mir selbst herauszutreten, eine Bitterkeit, traurig und betörend, wie der schwere Duft einer Magnolie an einem Sommerabend ... Die Lust ist nichts weiter als ein Schiffbruch an der eigenen Einsamkeit.

Larsen: Ich sehe das nicht so wie Sie.

Znorko: *(fährt mit seiner Erzählung fort)* Sie sehen gar nichts. Das war keine Liebe mehr, das war Versklavung. Ich schrieb nicht mehr, ich dachte nur noch an sie, ich brauchte sie.

Larsen: Sie haben sie geopfert.

Znorko: Bitte?

Larsen: Sie haben Helene Ihrem Werk geopfert. Das ist Mord.

Znorko: Nichts da. Wir haben unsere Liebe reiner gemacht, wesentlicher, stärker.

Larsen: Wirklich? Die ideale Geliebte für Sie ist also eine, die gar nicht anwesend ist?

Znorko: *(über die Aggressivität von Larsen belustigt)* Nun beruhigen Sie sich. Von dem Moment an, als wir aufhörten, uns so aufeinander zu stürzen, konnte sich unsere Beziehung zu völlig neuen Dimensionen entwickeln. Indem wir uns schrieben, haben wir über Literatur gesprochen, Philosophie, Kunst, sie kommentierte jede von mir verfaßte Seite, hat mich nicht geschont, ich glaube, daß Helene sogar mein einzig ehrlicher Kritiker war, der mir je untergekommen ist. Und in meinen Stunden der Niedergeschlagenheit, wenn ich mich leerer fühlte als das Auge des Zyklons, da gab sie mir wieder Selbstvertrauen.

Larsen: Wie praktisch.

Znorko: *(mehr und mehr belustigt)* Hören Sie, Herr Journalist, ich finde, Sie nehmen sich das ein bißchen zu sehr zu Herzen. Sie verlangten doch nach etwas, was noch niemand weiß, ich liefere es Ihnen. Eigentlich sollten Sie sich freuen, anstatt so zu reagieren. *(Entschieden)* Sex ist Scheiße, sobald er sich in Liebe einmischt. Helene und ich, wir waren es uns schuldig, über diesen kleinen Krämpfen zu stehen. *(Er denkt nach, zögert kurz, holt dann einen Brief aus der Tasche)* Hier, der Dienst, um den ich Sie bitte. Nehmen Sie diesen Brief, bringen Sie ihn Helene Metternach, und bestehen Sie darauf, daß sie ihn vor Ihren Augen liest.

Larsen: Warum? Macht sie Ihre Briefe nicht mehr auf?

Znorko: Hören Sie, erweisen Sie mir diesen Dienst, ohne jede Diskussion.

Larsen schaut auf den Brief. Kommt dann auf das Gespräch von eben zurück.

Larsen: Nein, ich verstehe nicht ... Ihr Bestehen auf Abwesenheit, Ihr selbst auferlegter Zwang zur Enthaltsamkeit ...

Znorko: *(ruhig)* Tristans Schwert.

Larsen: Wie bitte?

Znorko: Das Schwert von Tristan. Sie kennen doch die Geschichte von Tristan und Isolde, auch eine Legende von hier ... Die berühmtesten Liebenden der Welt beenden ihre Erdentage auf dem gleichen Lager, liegen dort Seite an Seite für alle Ewigkeiten und zwischen ihnen das Schwert von Tristan ... Nur dank des Schwerts, das sie von Tristan trennt, hat Isolde glücklich bleiben können.

Larsen: Sie lieben nicht die Liebe, sondern das Liebesleid.

Znorko: Unsinn.

Larsen: Sie brauchen Helene, um zu brennen, um sich zu verzehren, um klagen zu können … um zu sterben, nicht um zu leben.

Znorko: *(geht auf das Spiel von Larsen ein)* Wo ich so einen Mordsappetit aufs Sterben habe.

Larsen: Im Grunde genommen wissen Sie nicht einmal, wer sie ist.

Znorko: *(lacht über die Aggressivität von Larsen)* Was geht das eigentlich Sie an?

Larsen: Sie lieben nicht Helene, sondern die Intensität Ihres Leids, das Bizarre an dieser Geschichte, die Schrecken einer unnatürlichen Trennung … Was Sie brauchen ist nicht Helenes Nähe, sondern ihre Ferne. Nicht Helene, wie sie ist, sondern Helene, wie sie Ihnen fehlt. Ja, mit Recht haben Sie den Lesern nicht enthüllt, wie sehr Ihr Buch aus Ihrem Leben schöpft: man hätte ansonsten entdeckt, daß Abel Znorko, der große Abel Znorko nichts weiter ist, als ein simpler pickliger Pennäler, der seit fünfzehn Jahren dem Briefträger entgegenschmachtet!

Znorko wird durch das, was Larsen sagt, vor allem in welchem Ton er es sagt, aus der Fassung gebracht, beschließt dann aber, darüber zu lachen.

Znorko: Nun beruhigen Sie sich doch. Diese Szene ist völlig fehl am Platz.

Larsen: Sie hätten diese Frau niemals verlassen dürfen. Indem Sie sie von sich fernhielten, haben Sie sie getötet.

Znorko: Sie haben wirklich ein Brett vor dem Kopf. Alles zwischen uns war stark, unsere Intimität ebenso wie unser Getrenntsein. Ich habe nichts geopfert, wir waren beide damit einverstanden. Wieso hätte sie Ihrer Meinung nach sonst eingewilligt?

Larsen: Weil sie, nehme ich an, wie alle leidenschaftlichen Menschen einen geheimen Hang zum Unglück hatte.

(Pause) Außerdem, sie hat Sie geliebt. Ihretwegen hat sie eingewilligt, und nur Ihretwegen …

Znorko: Ich bitte Sie!

Larsen: Beide dachten an den großen Abel Znorko, Helene und Sie.

Znorko lacht laut.

Znorko: Sagen Sie mal, diese Sache regt Sie ja wirklich mächtig auf … *(Amüsiert)* Sie haben ja richtig Feuer gefangen, um Ihre Mitbürgerin zu verteidigen … Kennen Sie denn Helene Metternach so gut?

Larsen: Sehr gut. *(Pause)* Sie ist meine Frau.

Znorko ist wie betäubt.

Znorko: Wie bitte?

Larsen: Aus Helene Metternach wurde Helene Larsen … Larsen, Sie wissen doch, dieser Name, der ganz allein die Löcher in der Schöpfung stopft …

Znorko schwankt, setzt sich. Larsen schaut ihn amüsiert und wenig überrascht an.

Larsen: Möchten Sie etwas trinken? *(Zitiert ironisch Znorko)* Ein Gläschen. Ein kleines Gläschen. *(In einem Singsang)* Es gibt nichts Besseres als ein kleines Gläschen, um die Kehle anzufeuchten …

Er zwingt ihm ein Glas auf. Znorko faßt und besinnt sich.

Znorko: Sie lügen! Sie haben diese Ehe soeben erfunden, um mich aus der Fassung zu bringen! Beweise! Beweisen Sie es, daß Sie wirklich ihr Mann sind …

Ruhig holt Larsen ein Photo aus seiner Brieftasche.

Larsen: Möchten Sie unser Hochzeitsphoto sehen?

Znorko schaut es sich an, bekommt einen Schock, ist aber wider Willen gerührt.

Znorko: Ich … ich … ich habe sie nicht mehr gesehen … seit unserer Trennung … *(Hingerissen)* Wie hübsch sie ist …

Er verdrängt dann seinen Gefühlsausbruch und stößt ein spitzes verächtliches Lachen aus.

Znorko: Wie grotesk ... Sind Sie das da, verkleidet als Brautbegleiter? ... Ihre Krawatte da, was ist das, ein Pfropf? ... Um sowas anzuziehen muß man normalerweise zahlen, oder hat man Sie bezahlt? ... Und was ist das da auf dem Kopf von Helene, eine fliegende Untertasse? Ach so, das soll ein Hut sein ... Nein, das ist eine Farce! Das sind Photos von einem Kostümball, Silvester, wo ihr die Allerblödesten habt spielen wollen? *(Beruhigt sich)* Sie machen sich über mich lustig! Ich bezweifle ja nicht, daß Sie Helene gekannt haben, aber Helene lebt seit fünfzehn Jahren allein! Seit fünfzehn Jahren schreibt mir Helene, jeden Tag, Helene ist nicht verheiratet. *(Er gibt ihm das Photo zurück)* Sehr komisch, der Trick mit dem Photo.

Larsen holt ein anderes Papier aus seiner Brieftasche.

Larsen: Vielleicht wird Sie die Heiratsurkunde überzeugen? Der 7. April, vor zwölf Jahren.

Znorko: Zwölf Jahre ...

Znorko schaut darauf, dann stößt er das Papier zurück. Er ist mit seinen Nerven am Ende. Kaum bekommt er die Frage über die Lippen:

Znorko: Und haben Sie ... Kinder?

Er fürchtet sich vor der Antwort. Larsen schaut ihn an und sagt aufrichtig, aber schmerzlich.

Larsen: Nein.

Znorko atmet erleichtert auf, daß ihm diese Grausamkeit erspart bleibt. Dann nimmt er schnell sein Buch und blättert wütend.

Larsen: Was machen Sie da?

Znorko: Ich will wissen, was sie mir geschrieben hat vor zwölf Jahren, am 7. April, was sie mir an ihrem Hochzeitstag erzählt hat! *(Er findet die Seite)* Kein Brief.

Larsen lächelt. Znorko gibt nicht auf.

Znorko: Und am Tag danach? *(Liest)* »8. April. Mein Geliebter, ich habe die Sonne aufgehen sehen und dabei an Dich gedacht. Ich habe zu mir gesagt, daß wir vielleicht gemeinsam die gleiche Sonne anschauen, auf der gleichen Erde, zur gleichen Zeit, im gleichen Augenblick, und dennoch gelang es mir nicht, glücklich zu sein ...« *(Mit trockenem Witz)* Na bitte, das Hochzeitslied einer jungen Braut. Nicht gut, weder für Sie noch für mich.

Larsen zuckt mit den Schultern. Znorko legt erschöpft das Buch weg.

Znorko: Und ich, was habe ich an diesem Tag getan? Wieso habe ich nichts davon gespürt? Vielleicht war ich krank ... *(Er denkt nach)* Also ... haben Sie es gewußt, Sie haben bereits alles gewußt, als Sie hierherkamen?

Larsen: Natürlich. Warum sonst hätte ich Ihrer Meinung nach hier um eine Unterredung gebeten?

Znorko: *(verstört)* Warum hat sie mir das bloß nie geschrieben?

Larsen sieht Znorko scharf an, fragt und antwortet dann für beide, als könne er die Gedanken des Schriftstellers lesen und dessen inneren Aufruhr nachfühlen.

Larsen: Was wissen Sie eigentlich von ihr? Sie haben sich damit begnügt, sich fünf Monate an ihr zu reiben, dann haben Sie sie weggeschickt. Sie haben nicht einmal versucht, mit ihr wie ein Paar zu leben, Sie haben sich vorher aus dem Staub gemacht!

Znorko: *(böse)* Was beklagen Sie sich. Wenn nicht, hätten Sie nicht einmal die Reste abgekriegt.

Larsen: Verlieben kann sich jeder Erstbeste ... aber lieben ...

Znorko: *(kommt wieder zu Kräften)* Ich bitte Sie ... vergleichen Sie Ihr zerbrechliches Zusammenleben nicht mit einer fünfzehnjährigen Bindung. Helene und ich sind in Gedanken ununterbrochen beisammen ... wir schreiben uns jeden Tag ... wir erzählen uns alles ...

Larsen: *(ironisch)* Alles? *(Znorko schweigt betroffen)* Was wissen Sie von Helene? In dem Briefwechsel hat sie sich so verhalten, wie Sie es von ihr erwartet haben. Treu, aufmerksam, bescheiden, immer in Erwartung, gefesselt an Ihr Genie. Aber, aber, Herr Lügenbaron, Sie ertragen wohl nur Ihre eigenen Lügen?

Znorko: Sie hätte es mir sagen müssen … sie hätte es mir sagen können, daß sie geheiratet hat.

Larsen: Vielleicht wollte sie Sie schonen? Wollte Sie nicht wissen lassen, daß das Leben auch ohne Sie weitergehen kann. Wollte Sie nicht darauf hinweisen, daß Sie ersetzbar sind. Um Ihren Hochmut nicht zu kränken, daß heißt neunzehntel Ihres Wesens. Sie müssen zugeben: es gibt ein Leben nach Abel Znorko. *(Pause. Redet dann mit einer gewissen Grausamkeit beharrlich weiter)* Hat Sie das denn nie stutzig gemacht, daß sie nach dieser Trennung völlig wie eine Witwe lebte? Haben Sie denn nie an ihrem Zölibat gezweifelt?

Znorko: Nein. Unsere Leidenschaft war wie ein Blitz … und der konnte nur Asche hinterlassen …

Larsen: Eine Asche, die bei Ihnen aber noch ziemlich heftig glüht.

Znorko: Wie bitte?

Larsen: Wenn ich an all diese Damen denke, die man Ihnen für Ihre Nächte liefert …

Znorko: Bringen Sie nicht alles durcheinander. Keine von diesen rosigen und wabbelnden Weibern, die mich für eine Nacht besuchen, hat je den Platz von Helene eingenommen. Ich mag sie für das, was sie sind, verlasse sie für das, was sie nicht sind. Ein schlichtes Bedürfnis der Hygiene … Ich bin ein Mann. Muß ein paar Triebe befriedigen.

Larsen: Hat eine Frau keine Triebe?

Znorko dreht sich böse zu ihm um.

Znorko: Wollen Sie mir weismachen, daß Helene ausgerechnet Sie zum Hengst genommen hat? Ihren Liebhaber für gewissen Stunden geheiratet hat? Wo Sie genauso sexy sind wie ein Stange gekochten Porrees?

Larsen: Aha, Sie kennen sich auch mit Männern aus?

Znorko: Ich erkenne einen Frauenhelden auf Anhieb, sehe es ihm an der Nase an: so einer hat eine Schnüffelnase, eine Nase, die ganz nah ran muß, um Witterung aufzunehmen, eine Nase, die lustwandelt, die sich in Hautfalten hineinwühlt, unter die Arme, in die Ellenbogen, in … Ihre Nase ist viel zu ehrbar dafür.

Larsen: Aha!

Znorko: *(unnachgiebig)* Helene ist die allersinnlichste Frau, die ich kenne. Ich frage mich, wie Sie es schaffen, sie zu befriedigen …

Larsen: *(ehrlich)* Helene macht sich nicht allzuviel daraus. Wir machen selten Liebe.

Znorko: Na bitte!

Larsen: Sie will es so. Sie hat mir versichert, daß sie das nicht braucht.

Znorko: Elegante Art, Sie verstehen zu lassen, daß Sie im Bett nur zu eins taugen: zum Schlafen.

Larsen lacht laut. Die Angriffe von Znorko erreichen ihn nicht. Man versteht, daß er auf diese Art von Attacken vorbereitet war.

Larsen: Ich fange an zu verstehen, was bei Ihnen so falsch klingt.

Znorko: Ah ja?

Larsen: Ihre Grobheit.

Znorko läßt sich in einen Sessel fallen. Im Grunde weiß er, daß Larsen recht hat und er wechselt müde den Ton.

Znorko: Gehen Sie. Diese Situation zerstört uns alle! Ich habe das Leben auf dieser Insel gewählt, um eben dieser Art von Trivialität zu entgehen.

Larsen: Ich möchte aber noch gar nicht gehen.

Znorko: Ehemann, Ehefrau, der betrogene Liebhaber, vulgär und schmuddelig. Ich nehme an, Sie haben auch einen Revolver in der Tasche.

Larsen: Nein.

Znorko: *(lächelt)* Schade.

Larsen: »Helene, die allersinnlichste Frau« ... Glauben Sie wirklich, daß wir die gleiche Frau kennen? Es gibt zwei Helenen: die Ihre und die meine. Warum hätte Helene so monoton wie ein Felsbrocken sein sollen? Und wenn sie uns beide erwählt hat, unterschiedlich wie wir sind, dann doch nur, weil sie mit jedem von uns genauso unterschiedlich sein wollte. Bei Ihnen die Leidenschaft; bei mir die Liebe.

Znorko: *(sarkastisch)* Mein armer Junge: die Liebe! Wie lange seid ihr denn schon verheiratet?

Larsen: Seit zwölf Jahren.

Znorko: Zwölf Jahre? Dann ist das keine Liebe mehr, sondern Faulheit. *(Beruhigt sich)* Sie fühlen sich doch nur stark durch diese animalische Nähe, wie bei den Kühen im Stall, aber der alltägliche Trott reißt nicht die Trennwände ein; im Gegenteil, er errichtet Mauern, unsichtbare Mauern, Mauern aus Glas, die immer höher, im Laufe der Jahre immer dichter werden, ein Gefängnis bilden, in dem man sich zwar noch sieht, aber nicht mehr zusammenkommt. Der Alltag! Die Transparenz des Alltags! Aber diese Transparenz ist undurchsichtig. Ach, wie schön die Liebe, die durch Gewohnheit einschläft, wie schön die Liebe, die sich mit Abnutzung zufrieden gibt, mit Abscheu, ja, schön die Liebe, die aus Müdesein besteht, aus stinkenden Socken, aus Nasepopeln und feuchten Fürzen unter der Bettdecke.

Larsen: Wer das Leben nicht liebt, rettet sich ins Erhabene.

Znorko: Wer das Erhabene nicht liebt, verschlammt im Leben.

Larsen: Unsere Geschichte hat etwas Reelles, wir sind uns nahe, wir reden miteinander, wir berühren uns jeden Tag. Wenn ich aufwache, sehe ich ihren Nacken. Wir sind das Risiko eingegangen, uns entweder zufriedenzustellen, oder uns zu enttäuschen. Sie haben nie den Mut aufgebracht, wie ein normales Paar zu leben.

Znorko: Sie meinen wohl Schwäche!

Larsen: Mut! Den Mut sich zu binden, Vertrauen zu haben. Den Mut nicht ein Märchenprinz zu sein, sondern ein ganz normaler Mann. Wissen Sie überhaupt, was das eigentlich ist, Intimität? Das ist nichts anderes als das Gefühl für die eigenen Grenzen. Man muß Verzicht üben können, Verzicht auf Macht, auf seine Unwiderstehlichkeit, und man muß, ohne sich zu schämen, auch Schwäche zeigen können. Sie, Sie haben diese Intimität immer vermieden, um nie an Ihre eigenen Grenzen stoßen zu müssen.

Znorko: Ersparen Sie mir Ihre Philosophie, sie riecht nach Wäscheschrank.

Larsen: Sie sind ein Mann, der unfähig ist, etwas bei der Liebe zu lernen.

Znorko: In der Liebe gibt es nichts zu lernen.

Larsen: Doch, den anderen ...

Znorko nähert sich Larsen: er wirft ihm einen vernichtenden Blick zu. Er hat soeben das Wesentliche verstanden.

Znorko: Es ist Ihre Schuld, daß sie mir nicht mehr schreibt! Sie haben das Buch gelesen, haben unsere Beziehung entdeckt, haben ihr eine Szene gemacht, und haben ihr verboten mir weiterzuschreiben.

Larsen: *(zweideutig)* Suchen Sie sich aus, was Ihnen am besten paßt.

Znorko: Ja, ja, Sie haben ihr gedroht, Sie waren rasend vor Eifersucht, Sie haben sie zum Weinen gebracht. Ich kenne Helene, sie haßt Gewalt. Sie hatte Angst, Sie zu verletzen, also hat sie es gelassen! Aber selbst wenn sie damit einverstanden gewesen wäre, mir nicht mehr zu schreiben, hätte sie mich bestimmt benachrichtigen wollen, um mir zu erklären ... Die letzten Briefe haben Sie abgefangen, nicht wahr? Sie zogen es vor, mich über Monate hin ausbluten zu lassen. Stimmt doch, oder?

Larsen: Stimmt: Sie erhielten keine Briefe mehr, weil ich diesen Briefwechsel nicht mehr will.

Znorko: Und meine Briefe, hä, und die Briefe, die ich seit vier Monaten an Helene geschickt habe? Wo sind die? Hat sie die wenigstens bekommen?

Larsen zieht ein Bündel Briefe hervor.

Larsen: Hier sind sie.

Znorko stürzt sich auf sie.

Znorko: Drecksack! Sie sind nicht einmal geöffnet.

Larsen: Wär's Ihnen lieber, wenn ich sie gelesen hätte?

Znorko ist außer sich vor Zorn. Er läuft wütend im Zimmer auf und ab.

Znorko: Was geht Sie das eigentlich an, Sie Gehirnamputierter! Wir hätten durch unseren Briefwechsel weiter zusammenleben können, wenn Sie nicht eingeschritten wären!

Larsen: Sie hätten das Buch nicht veröffentlichen dürfen! Ohne ihr etwas zu sagen, haben Sie der ganzen Welt eine fünfzehnjährige Beziehung enthüllt. Einen anderen Namen zu benutzen hat nichts an der Tatsache geändert, Sie haben alles unter die Leute gebracht. Das ist obszön. Und wozu das Ganze? Um ein Buch daraus zu machen? Um Geld zu scheffeln?

Getroffen läßt sich Znorko in einen Sessel fallen, stützt den Kopf in die Hände.

Znorko: Ich … ich habe meine Gründe.

Larsen: So?

Znorko: Ja. Gründe, die nur mich etwas angehen … und Helene … Sie stehen in meinem letzten Brief … den Sie ihr überbringen sollen.

Larsen: *(streckt die Hand aus)* Geben Sie her.

Znorko zögert, holt ihn dann aus der Tasche. Larsen nimmt ihn. Er schaut ihn an; man spürt, daß er ihn öffnen möchte. Znorko hindert ihn daran.

Znorko: Er ist nicht an Sie gerichtet.

Larsen steckt den Umschlag ein. Wie unter Zwang kommt Znorko auf die Vergangenheit zurück.

Znorko: Immer hat sie mir erzählt, was sie den ganzen Tag gemacht hat, aber Sie kamen nie darin vor.

Larsen: Sie hat Ihnen die Wahrheit gesagt: sie hat Ihnen den Tag beschrieben, den sie mit Ihnen verbracht hat, nicht mit mir. Mir hat sie den Tag nicht beschrieben, den sie mit Ihnen verbrachte. Sie hatte zwei Wahrheiten, das ist alles: die Wahrheit mit Ihnen, die Wahrheit mit mir.

Znorko: Ja, zwei Lügen.

Larsen: Wieso glauben Sie eigentlich, daß es nur eine Helene gibt? Sind wir denn immer ein und dieselbe Person? Bei Ihnen ist Helene eine leidenschaftliche Geliebte – wohl wahr – bei mir ist sie Tag für Tag Ehefrau – auch wahr. Es gibt zwei Helenen. Vielleicht mehrere. Keiner von uns hat beide gekannt. Keiner von uns kann beide zufriedenstellen.

Znorko: *(böse)* Raus mit der Sprache, Ehemann, Sie hat das wohl nicht weiter gestört!

Larsen: Ich hatte nie angenommen, daß ich für Helene alle Männer sein könnte.

Znorko zuckt mit den Schultern. Er ist immer noch wütend. Larsen geht zur Stereo-Anlage.

Larsen: Haben Sie nicht die *Enigma Variationen* gehört, als ich vorhin reinkam?

Znorko: Wollen Sie auch wissen, was ich gegessen habe?

Larsen: Hat sie Ihnen die Aufnahme geschenkt?

Znorko: Hören Sie, lassen Sie mich in Ruhe! Mit soviel Geweih sollten Sie lieber den Mund halten.

Larsen: *(beharrlich)* Haben Sie die … durch sie kennengelernt? Ich bin sicher, daß es so war.

Znorko: Ja. *(Er erinnert sich)* An dem Abend, als wir uns zum ersten Mal zärtliche Worte zuflüsterten, da hat sie mir diese Platte gezeigt, die *Enigma Variationen* von Elgar, sie hat mich liebevoll angelächelt und zu mir gesagt: »Wir flüstern uns zärtliche Worte der Liebe ins Ohr, aber wer sind wir? Wem sagst du es, dieses – ich liebe dich?«

Larsen: *(vollendet den Satz)* » … Und wem sage ich es? Man weiß nie, wen man liebt. Man wird es niemals wissen. Ich schenke dir diese Musik, damit du darüber nachdenkst.«

Znorko schaut ihn höchst erstaunt an.

Znorko: Woher wissen Sie das? Das habe ich in meinem Buch gestrichen.

Larsen: Auch zu mir hat sie das an dem Abend gesagt, als wir uns zum ersten Mal zärtliche Worte der Liebe zuflüsterten.

Znorko: *(enttäuscht)* Ach so!

Larsen: Das ist wahrscheinlich das Einzige, was wir beide von ihr gemeinsam haben.

Znorko: *(bitter)* Bitte um Vergebung, aber soviel Zeit wie Sie hatte ich noch nicht, um mich an diesen Gedanken zu gewöhnen … In der Badewanne plansche ich nicht gern zu zweit.

Larsen geht zum Klavier und beginnt die ersten Takte der Enigma Variationen *zu spielen.*

Larsen: Die *Enigma Variationen,* Variationen über eine Melodie, die man nicht hört … Elgar, der Komponist, hat behauptet, daß es sich um ein sehr bekanntes Lied handeln würde, das aber niemand erkennen kann. Ein versteckte Melodie, man ahnt sie, sie klingt an und verschwindet, eine Melodie, der man nachträumen muß, ein Enigma eben, unbegreiflich, ebenso rätselhaft wie das Lächeln von Helene. *(Pause)* Frauen sind wie diese Melodie, man träumt von ihnen, aber man hört sie nie. Wen liebt man, wenn man liebt. Man weiß es nie.

Znorko: *(verschlossen)* Nie … *(Als Larsen sein Spiel beendet, fragt er plötzlich)* Wieviele von diesen Variationen gibt es?

Larsen: Vierzehn. Vierzehn Variationen, vierzehn verschiedene Annäherungen an eine flüchtige Melodie.

Znorko: Glauben Sie, wir wären zu vierzehnt?

Larsen schaut ihn verblüfft an. Znorko hebt den Kopf und lacht laut.

Znorko: Das war ein Witz. *(Er ist fast am Ende seiner Kraft)* Hören Sie, ich glaube, daß wir beide uns jetzt alles gesagt haben. Ich weiß nun, daß Helene verheiratet ist, was sie mir seit zwölf Jahren verschweigt, gut! Ich kenne sogar ihren Gatten, ein Schmuckstück von Ehemann, ein Apostel des Kollektivs, ein Teilnehmer an Orgien lieblicher Gefühle, gut! Ich weiß auch, warum sie mir nicht mehr schreibt, gut! Jetzt finde ich allerdings, daß es reicht mit dieser Posse. Ich glaube, daß … daß mich diese überraschende Wende nicht mehr länger amüsiert, vielen Dank. *(Er nimmt sein letztes Buch und schaut es verärgert an)* Genau genommen hatte ich vorhin viel mehr Recht als ich dachte, da ich Ihnen sagte, mein Buch sei eine Fiktion: diese Frau ist eine Kopfgeburt, sie … sie hat niemals existiert. *(Er wirft das Buch vor den Kamin)* Das ist der erfundenste Roman, den ich je geschrieben habe und habe das nicht einmal gewußt.

Larsen: Bereuen Sie nichts.

Znorko: *(schmerzlich)* Zwölf Jahre Tag für Tag Lügen! Der Schriftsteller war sie! Was für eine Erfindungsgabe! Sie gab vor, all ihre Gedanken gehörten mir, während sie mit Ihnen zu Mittag aß, zu Abend aß, mit Ihnen im gleichen Bett schlief!

Larsen: *(schockiert)* Urteilen Sie nicht zu grausam über Sie.

Znorko: *(seine Wut steigt)* Und mir gegenüber spielte sie die große Hüterin der Aufrichtigkeit, sie war hart zu mir, anspruchsvoll, streng, sparte nicht mit Kritik, und ich habe ihr gehorcht, wie ein Kind seiner Mutter. Ich Arschloch!

Larsen: Hören Sie auf, Sie werden es sonst noch bereuen.

Znorko: *(außer sich)* Reue über die, nichts werde ich tun. Ich bin der Welt entflohen, um dieser überall triumphierenden Vulgarität zu entkommen, ich habe mich nur auf diese Frau konzentriert, habe mit fast religiösem Eifer jedes einzelne ihrer Worte aufgesogen, und nun erfahre ich, daß sie mich in aller Seelenruhe betrogen hat. Was geht nur in ihrem verdorbenen Herzen vor? Was hat sie anstelle eines Gewissens, einen stinkenden Morast? Fahren Sie zurück nach Hause und sagen Sie ihr, daß ich von ihr nichts mehr wissen will, daß ich Zeit, Mühe und Sorge, womit ich sie beehrt habe, zurücknehme, – all die Gedanken zurücknehme –, die ich mir ihretwegen gemacht habe, all die Gefühle, die ich ihr geschenkt, daß ich alles zurückziehe, und daß ich nur eines nicht bereue, unseren Briefwechsel veröffentlicht zu haben, denn wie alle großen Schlampen ist sie eigentlich keine allzu schlechte Schriftstellerin.

Larsen: Das werde ich ihr nicht sagen.

Znorko: Sie werden es ihr sagen! Und dieses Buch, ich verleugne es! Ich überlasse ihr alle Rechte! Es ist nicht mehr von mir! Es ist von ihr! Versichern Sie ihr das, sagen Sie ihr, daß ihr dieser kleine Betrug außer dem Spaß, den er ihr zwölf Jahre lang gemacht hat, auch noch Millionen bringen wird! Sagen Sie ihr, daß ich nichts davon abhaben will, daß sie mich ankotzt, daß ich ihr den Hals umdrehe.

Larsen: Das werde ich ihr nicht sagen.

Znorko: Aber ja! Das werden Sie ihr sagen, Sie sind doch ein lieber netter Ehemann, ein Schoßhündchen, das sich alles gefallen läßt! Wenn Sie nach Hause kommen, wird sie sich voller Ungeduld auf Sie stürzen, schon jetzt freudig erregt über die Vorstellung unseres Zusammentreffens. Überbringen Sie ihr meine allerschlechtesten Wünsche, sagen Sie ihr, daß sie ein Fliegendreck ist, daß ich erst an dem Tag, den ich herbeisehne, Frieden finde, an dem ich sie vollkommen vergessen haben werde, daß sie für mich nicht mehr existiert, zu Staub geworden ist, ausgelöscht, zurückgefallen in das Nichts der Mittelmäßigkeit, eine Schwindlerin, ein Stück Dreck, eine schmutzige Schwindlerin und nichts weiter!

Larsen: *(außer sich)* Hören Sie auf! Das werde ich ihr nicht sagen!

Znorko: Und warum nicht?

Larsen: Weil sie tot ist!

Diese Worte hallen in der Stille nach. Znorko taumelt; Larsen, ohne ihn anzusehen, fährt leise fort.

Larsen: Helene ist tot. Drei Monate hat ihr Todeskampf gedauert. Drei Monate, zu lang, um zu sterben, zu kurz, um zu leben.

Mit Schmerzen hört Abel Znorko nun die Worte von Larsen, der sich hinter ihn setzt und erzählt:

Larsen: Als die Ärzte die Diagnose stellten, bäumte sie sich dagegen auf. Sie wurde rasend vor Wut, sie beschloß zu kämpfen. Aber bei ihrem Charakter verging die Wut so schnell wie ein Rauch: bereits am nächsten Morgen hatte sie aufgegeben. Sie ist nicht aufgestanden, blieb im Bett liegen, sah mich an wie ein bestraftes Kind. »Ich will nicht in ein Krankenhaus. Ich will, daß man mich hier pflegt.« Als sie »pflegen« sagte, dachte sie eigentlich an ein anderes Wort, aber das auszusprechen war zu grausam für sie, sie hat es nie über die Lippen bekommen.

Die Ärzte akzeptierten, ich ganz allein bin zu einem Krankenhaus geworden mitsamt seinen Krankenschwestern. Ich habe mich nur noch um Helene gekümmert, gab ihr ihre Medikamente, fütterte sie, wachte nachts an ihrem Bett, erzählte ihr Geschichten, versuchte sie aufzuheitern; ich wußte, daß das Ganze zwecklos war, ein Kampf gegen das Unvermeidliche, aber nur so konnte ich ihr noch zeigen, wie sehr ich sie liebte. Diese Fürsorge und Wärme nahm sie wie selbstverständlich hin, sie schien sie kaum zu bemerken.

Wissen Sie, Herr Znorko, was an einem Todeskampf das Schrecklichste ist? Ich werde es Ihnen sagen: man verliert einen Menschen, den man liebt, bereits bevor er stirbt. Man sieht, wie er unter seiner Bettdecke immer kleiner wird, immer schwerer unter dem Gewicht uneingestandener Ängste sich in eine unerreichbare Verschlossenheit zurückzieht, man sieht, wie seine Blicke in Welten schweifen, von denen er nichts mehr erzählt. Helene war zwar immer anwesend, aber trotzdem ganz weit weg. Mein Schmerz, Herr Znorko, war, daß alle meine Bemühungen, diese letzte verzweifelte Form von Liebesbeweis, meist nur auf Gleichgültigkeit zu stoßen schienen.

Die letzten Tage sagte sie gar nichts mehr. Sie war ganz leicht geworden, man hatte den Eindruck, daß sie zwar liegen, aber dabei wie auf der Oberfläche ihres Bettes schweben würde, ohne etwas zu wiegen, wie ein Vogel, ein armer Vogel ohne Flügel. Mehr als zwei Stunden brauchte ich, um sie mit einem Apfel zu füttern. Ich war soweit, mir zu wünschen, daß sie endlich sterben würde, und ich schämte mich dieser Gedanken. Sie schwebte zwischen Tod und Leben, und ich, ich zwischen Liebe und Haß. Der Todeskampf, Herr Znorko, der entstellt alles, auch die Menschen. Alle! Sie starb am Tag des Frühlingsanfangs. Schon seit zwei Wochen schmolz der Schnee, die Straßen waren voll von Matsch; unser Flüßchen führte Hochwasser; in ganz Nobrowsnik blieb der Verkehr stehen, und da, an diesem Morgen, in der Morgenröte, die zum ersten Mal die Tundra wieder grün färbte, gelblichgrün, die Halme vom Gras wandten sich der Sonne zu, da ist sie endgültig eingeschlafen. An diesem Morgen stiegen Lerchen in den Himmel.

Voller Mitgefühl drückt Znorko Larsen an sich.

Znorko: Danke. Vielen Dank dafür, daß Sie da waren. Bei ihr.

Larsen zuckt mit den Schultern. Für ihn war das selbstverständlich.

Znorko: *(schmerzlich)* Ich schäme mich ... ich ... ich habe nichts für sie getan, nie.

Larsen: Sie irren.

Znorko: Ich habe in dieser Zeit nur an mich gedacht, habe wahrscheinlich sogar auf sie geschimpft, ich war ja nur mit meinem Buch beschäftigt ... sinnlos ...

Larsen: *(leise)* Nein. Es tat ihr gut, daß Sie nicht da waren. Für Sie blieb sie in diesen drei Monaten Todeskampf stets Ihre Helene, die aufmerksame, die kluge, die schöne, die runde, die feste. Für Sie existierte sie weiter so, wie Sie sie sahen und wie sie sich selbst zu sehen wünschte. Dank Ihnen, dank der räumlichen Trennung, blieb sie für Sie lebendig, gesund, versponnen in Ihrem Traum und in ihrem eigenen; ein unberührter Traum, der ihr erlaubte, den tagtäglich fortschreitenden, erschreckenden Verfall zu ignorieren. Indem Sie von nichts wußten, haben auch Sie sie glücklich gemacht ... Mittlerweile weiß ich, daß sie in ihren Träumen und ihrem Schweigen hierherkam, hierher zu Ihnen...

Znorko: Sie hätten mich benachrichtigen sollen.

Larsen: Am Tag nach der Beerdigung habe ich ihre Matratze verbrannt, die Kuhle zeigte die Form ihres Körpers ... ich habe alle ihre Kleidungsstücke weggeworfen, es gab ja keinen mehr, der sie ausfüllte ... ich habe ihren Lieblingssessel verschenkt, in dem sie immer zu sitzen pflegte, es kam mir vor, als sei er kein Möbelstück, sondern ein Hund, der mich mit flehendem Blick fragte, wo sein Frauchen geblieben ist ... Dann, am frühen Nachmittag habe ich den Schlüssel zu ihrem Schreibtisch genommen und habe die Briefe entdeckt, Ihre Briefe und die Entwürfe von ihr ...

Znorko: Wahrscheinlich haben Sie daraufhin noch mehr leiden müssen?

Larsen: *(zögert, fährt dann fort)* Ich war glücklich zu erfahren, daß sie mehr Glück erleben durfte, als ich angenommen hatte ... noch mehr Freude, als ich ihr schenken konnte ... ich war erleichtert, daß das Leben nicht geizig zu ihr gewesen war ...

Znorko zeigt sich durch das bewegt, was Larsen ihm erzählt.

Larsen: Was mich leiden ließ, das waren all die Briefe, die sie nie abgeschickt hatte ... diejenigen, in denen sie sagte, was sie Ihnen verschweigen mußte, wie sehr Sie ihr fehlten, in denen sie vor Liebe aufschrie und vor Verlassenheit, in denen sie zugab, daß sie zu leben unfähig sei, diejenigen, durch die ich verstand, daß Sie der wichtigste Mann in ihrem Leben waren ... Briefe, die sie an sich selbst gerichtet hatte, weder an Sie und schon gar nicht an mich ... niemand war berufen, diesen Schrei zu hören ...

In Erinnerung versunken nimmt er den Kopf zwischen die Hände, um mit sich selbst allein zu sein. Abel Znorko ist verstört wie ein Kind. Er fühlt sich plötzlich Larsen ganz nah.

Znorko: Ich ... ich würde gern mit Ihnen nach Nobrowsnik kommen ... ihr Blumen bringen.

Larsen: *(ganz einfach)* Tun Sie's.

Znorko: Ich fahre mit Ihnen.

Larsen schaut zu der leeren Stelle auf der Couch zwischen ihm und Znorko. Geheimnisvoll legt er den Finger auf den Mund, so als sollten beide schweigen.

Larsen: *(leise)* Hören Sie nichts? *(Pause)* Ich habe das Gefühl, daß sie hier ist. Zwischen uns beiden. Zum ersten Mal.

Znorko: *(zeigt auf den leeren Platz, ebenso leise)* Hier?

Larsen: Hier.

Und für einen Augenblick fühlen sich beide Männer durch die Erinnerung an Helene eng verbunden. Znorko wischt sich tief gerührt die Augen, sieht sich um, und fängt dann an hilflos zu zittern.

Znorko: Ich werde packen müssen ...

Larsen: Sie brauchen nicht viel mitzunehmen.

Znorko: *(erschrickt plötzlich)* Ich habe nämlich ... seit Jahren die Insel nicht mehr verlassen ... ich weiß nicht, was man mitzunehmen hat ... was braucht man?

Larsen: *(versteht)* Soll ich Ihnen helfen?

Znorko: Ja, vielen Dank, ich bin ein bißchen unbeholfen in solchen Sachen ...

Und er fängt plötzlich an wie ein Kind zu weinen.

Znorko: Helene ...

Er schluchzt hemmungslos. Mit einem Mal hat ihn die Trauer übermannt.

Larsen: *(fassungslos)* Ich ... ich hätte nie geglaubt, daß Sie weinen würden.

Znorko: *(tief verzweifelt)* Ich habe auch noch nie geweint. Helene. Helene! Nein!

Larsen ist von seiner Trauer überwältigt. Er geht sachte zu ihm, versucht ihn zu beruhigen, umarmt ihn an der Schulter. Nach einigen Sekunden macht sich Znorko sanft von ihm los.

Znorko: Entschuldigen Sie, ich ertrage die Berührung eines Mannes nicht.

Taktvoll löst Larsen die Umarmung. Er will sogar aufstehen, aber Znorko hält ihn zurück.

Znorko: Eines Tages hat Helene mal zu mir gesagt: »Ich möchte mir beim Sterben zusehen. Ich möchte dabei sein, wenn es zu Ende geht; ich möchte das auf keinen Fall versäumen« … Im Grunde ist es nun auch so gekommen …

Dieses Mal ist Larsen tief bewegt.

Znorko: Vor zehn Jahren zeigten sich ein paar Symptome. Alle Frauen in ihrer Familie sind an Krebs gestorben. Ich habe es damals mit der Angst zu tun bekommen, ich habe zu mir gesagt, daß ich von dieser Insel weg müßte … wieder mir ihr zusammenleben … daß ich diese absurde Abmachung brechen sollte. Sie hat mir einige Wochen lang nicht schreiben können. Aber die Untersuchungen haben dann ergeben, daß die Geschwulst verschwunden war. Helene hatte gesiegt.

Larsen: Und seitdem spenden Sie all Ihr Geld der Medizin. Ist das der Grund?

Znorko: Zum Leben hier brauche ich nichts. *(Gibt dann zu)* Ja, aus diesem Grund, für sie … *(Pause)* Diese Symptome haben uns noch enger aneinander geschmiedet, noch intimer, durch die Angst waren wir reifer geworden, wir hatten sie gemeinsam durchgemacht. Aber über den Tod haben wir nie gesprochen.

Larsen: Und eben das hat ihr so gut getan: daß Sie sie so liebten, als wären sie beide unsterblich. Sie liebten sie mit einer kindlichen Unbekümmertheit; ich, im Gegenteil, ich habe sie immer geliebt wie ein alter Mann. *(Abel Znorko lächelt freundlich, Larsen vertraut sich ihm an)* Bei mir heißt Liebe Sorge. Das war schon immer so. Ist Helene nur ein bißchen gestolpert, dachte ich bereits an einen Beinbruch; blutete Helene, verblutete sie, hustete Helene, war sie für mich todkrank. Wie oft hat sie sich darüber lustig gemacht, über mich und meine Ängste. Ich liebte sie in einer verzweifelten Art, als wäre sie ein flüchtiges, ein vergängliches Wesen, das mir weggenommen werden sollte. Unbekümmert habe ich sie nie lieben können. *(Pause)* Ich hatte recht.

Znorko: *(einfach und aufrichtig)* Ich bin froh, daß es Sie gibt. Ich war nie dazu begabt, so zu sein wie Sie. *(Tonlos)* Ich bin nur eine Blähung, eine von der schlimmsten Sorte, aber eine auf die man hört und die man respektiert. Ich glaube, daß ich für mich die Anbetung der Literatur nur erfunden habe, um mir so, aus zu großer Angst, die Last des Lebens zu ersparen. Auf dem Papier war ich ein Held, in der Wirklichkeit habe ich meine Zweifel, ob ich je ein Kaninchen aus seiner Falle befreit habe. Ich wollte das Leben nicht leben, ich wollte es schreiben, komponieren, ich wollte es beherrschen hier mitten auf meiner Insel hockend, im Nabel der Welt. Hochmütig wie ich war, wollte ich nicht in der Zeit leben, die mir gegeben war, wollte auch nie in der Zeit der anderen leben, nein, ich selbst erfand die Zeit, andere Zeiten, habe sie mit der Sanduhr meines Schreibens diktiert. Anmaßung! Die Welt dreht sich, das Gras sprießt, die Kinder sterben, und ich bin Nobelpreisträger! Sie, Sie nimmt man nicht einmal wahr im Dickicht der Masse der Namenlosen, während ich einer von diesen Nutzlosen bin, die man verehrt. *(Znorko steht auf und sagt ein wenig verloren)* Was soll ich mitnehmen?

Larsen: Ich kümmere mich darum.

Znorko: Gut ... ist mir zwar ein bißchen peinlich ... aber ... ja, vielen Dank. *(Zeigt auf die Tür zum Nebenzimmer)* Dort. Nehmen Sie, was Sie wollen, ich ziehe alles an.

Larsen lächelt und geht in das Nebenzimmer.

Larsen: *(von draußen)* Ich hatte nicht gedacht, daß Sie im Alltag so unbeholfen sind.

Znorko: *(versucht unbefangen zu sein)* Ich weiß weder, wie man ein Bett macht, noch wie man eine Serviette faltet.

Larsen: *(von draußen)* Und wie waschen Sie ab?

Znorko: *(leicht lächelnd)* Mit der Zunge: ich ordne an. Ich habe eine Haushälterin, die jeden Vormittag kommt; sie macht alles; wäre sie nicht so häßlich, könnte man glauben, sie wäre eine Fee.

Larsen kommt mit ein paar Hemden zurück, legt sie auf die Couch.

Larsen: Welche Hemden soll ich mitnehmen, das blaue oder weiße? *(Znorko weiß es nicht, Larsen deutet auf ein blaues)* Ich glaube, das würde Ihnen am besten stehen. Paßt zu Ihrer Augenfarbe.

Znorko: *(reagiert verlegen auf das Gehörte)* Ähm ...

Larsen: *(geht wie selbstverständlich wieder ab)* Helene war wie Sie: das ganze Gegenteil von einer Hausfrau. Ich mußte mich um alles kümmern.

Znorko: Ich weiß: in den fünf Monaten unseres Zusammenlebens hatte sich in der kleinen Wohnung soviel Wäsche angestapelt, daß man Karte und Kompaß brauchte, um ein sauberes Handtuch zu finden ... wir waren ein Paar von Höhlenforschern ... *(Er stellt sich vor einen Spiegel, schaut, ob ihm das Hemd steht, sagt dann zu sich selbst)* Ja, in der Tat, steht mir gut.

Larsen: *(steckt den Kopf durch die Tür)* Slip oder Unterhose?

Znorko: *(schockiert durch die Banalität der Frage)* Seien Sie nicht albern ...

Larsen: Ich muß es wissen: Slip oder Unterhose?

Znorko: Solche Begriffe nehme ich nie in den Mund. Die sind mir zu ... obszön.

Larsen: *(verblüfft)* Slip? Unterhose?

Znorko: Ist ja nicht zum Aushalten, hören Sie: »Slip«, das klingt wie ein Schlüpfer, der rutscht, und »Unterhose« wie ein Schlüpfer, der hält.

Larsen: *(lachend)* Das beantwortet nicht meine Frage, was ich nehmen soll ...

Znorko: *(verstimmt)* Das, was hält.

Larsen kommt mit einem Stapel von Sachen zurück und legt sie auf eine Bank.

Larsen: So, ich habe nur das Nötigste genommen. Acht Paar Socken, zwei Hosen, zwei Pullover, acht Unterhosen ...

Znorko: *(dem das Ganze sehr peinlich ist)* Jaja, tausend Dank. *(Er ist ein bißchen verärgert darüber, wie selbstverständlich Larsen seine Tasche packt)* Aber … eines sollten Sie wissen, ich bleibe nur einen Tag oder zwei, nicht eine ganze Woche …

Larsen: Oh! Das wäre aber schade, die Reise nur für so kurze Zeit zu machen. Sie werden sich sehr wohl fühlen Zuhause …

Znorko: *(wiederholt mechanisch)* … Zuhause …

Larsen: Es ist mir eine große Freude Sie willkommen zu heißen. Seit der Zeit …

Znorko: … seit der Zeit …

Die Vorfreude von Larsen beunruhigt Znorko. Befangen geht er zu ihm, räuspert sich dabei.

Znorko: Hören Sie … damit keine Mißverständnisse aufkommen … ich weiß Ihr Verhalten Helene gegenüber sehr wohl zu schätzen … und ich bin Ihnen dankbar dafür … aber etwas sollte zwischen uns ganz klar sein, ich komme … nur ihretwegen mit, nicht wegen Ihnen.

Larsen: *(ein wenig kühl)* So hatte ich es auch verstanden.

Znorko: Sie werden begreifen, daß es zwischen uns beiden grundsätzlich nie … eine Freundschaft geben kann, wenn Sie verstehen, was ich meine.

Larsen: Ich verstehe. *(Dann weiter wie selbstverständlich)* Wo ist Ihr Waschzeug?

Znorko: *(in seiner Würde verletzt und gereizt)* Lassen Sie das jetzt, ich packe selbst zuende.

Er geht ab. Larsen, nun allein, geht zur Stereo-Anlage. Er stellt wieder die Enigma Variationen *an. Wenn Znorko zurückkommt, macht er sofort die Musik aus.*

Znorko: Sie werden schon entschuldigen, aber … aber ich habe nicht die Angewohnheit, diese Musik mit jemandem zu teilen. Überhaupt irgend etwas zu teilen.

Larsen: Natürlich. Ich möchte Ihnen aber eine Frage stellen: wenn Sie mit einer Frau schlafen, machen Sie da das Licht an oder aus?

Znorko: Völlig belanglose Frage.

Larsen: Bitte ...

Znorko: Ich mach's aus.

Larsen: *(lächelt)* Das hab ich mir gedacht. Und noch eine Frage, die letzte. *(Znorko nickt widerwillig)* Haben Sie mit Ihrer besten Freundin geschlafen?

Znorko: Ich habe keine Freunde.

Larsen: Ich bestehe auf einer Antwort.

Znorko: Worauf wollen Sie hinaus?

Larsen: Ihre Antwort?

Znorko: Die würde nein lauten.

Larsen: Helene war meine beste Freundin. Das war das Tor, durch das sie in mein Leben getreten ist: Lächeln, Reden, Vertrauen, und eine sehr rasche Vertrautheit. Ich erzählte ihr von meinen Mißerfolgen in der Liebe, worüber sie sich sehr amüsierte und mir Tips gab ... Wir lebten fast zusammen. Bis wir dann eines Tages bemerkt haben, daß wir auch ein Mann und eine Frau waren. Ich habe mit meiner besten Freundin geschlafen, und das ist etwas ganz anderes, das macht man bei hellem Licht, die Lust bekommt endlich ein Gesicht.

Znorko: *(gereizt)* Idiot. Beim Sex blickt man viel tiefer, hat man die Augen zu.

Larsen: Idiot. Bei der Liebe blickt man viel tiefer, hat man die Augen auf. Ich habe meine kleine Theorie darüber. Mit Helene, wir ...

Znorko: *(verschlossen)* Interessiert mich nicht. *(Er erinnert sich plötzlich)* Erik ... »der Freund Erik« ... Sie sind der Erik, von dem sie mir mal vor langer Zeit erzählt hat ...

Larsen: Von dem sie Ihnen seit zwölf Jahren, nach unserer Heirat, nichts mehr erzählt hat …

Znorko: Aber Sie waren kein Journalist!

Larsen: Musiklehrer. Was ich noch immer bin. Die »Nobrowsniker Nachrichten« gibt es nicht. Die habe ich erfunden, um zu Ihnen zu gelangen. Ich fand Sie übrigens naiv, darauf reingefallen zu sein. Oder ungeduldig.

Beide Männer schauen sich an. Beide schweigen über das, was ihnen eigentlich auf dem Herzen liegt. Znorko packt seine Tasche, bricht das Schweigen.

Znorko: *(mit seiner Tasche beschäftigt)* Gehen wir. Die Fähre wird bald ablegen. *(Er schaut aus dem Fenster, sieht, wie die Abenddämmerung den Himmel lila und violett färbt)* Wie schade jetzt zu fahren! Heute wird der Tag zur Nacht. Seit sechs Monaten die erste Dämmerung. Und die nächste wird erst wieder in einem halben Jahr sein. Und ausgerechnet an diesen Tag müssen Sie kommen … *(Beiläufig)* Wann genau ist sie gestorben?

Larsen, obwohl er anscheinend verstanden hat, antwortet nicht.

Znorko: Ich habe nach Helenes Todestag gefragt.

Larsen: Es war ein Dienstag. Dienstag, den 21. März.

Znorko: *(erinnert sich)* Ist wahr, Sie haben mir ja gesagt, daß es am Tag des Frühlingsanfangs war. Ja.

Larsen: *(langsam)* Frühlingsanfang, ja … vor zehn Jahren.

Zuerst scheint Znorko nicht verstanden zu haben, dann hält er wie betäubt inne, er starrt Larsen an.

Larsen: Helene und mir blieben nur zwei gemeinsame Jahre. Am Tag nach der Beerdigung, als ich aufräumen wollte, da habe ich die Briefe entdeckt, Ihre Briefe … und dann auch die, die sie Ihnen noch in den ersten Tagen ihrer Erkrankung geschrieben, aber nicht mehr abgeschickt hatte. Ich habe eure Liebe entdeckt, was sie gewesen ist, wozu sie wurde … Helene hat mir schrecklich gefehlt … Also habe ich noch am gleichen Abend

… zur Feder gegriffen und habe Ihnen geschrieben. Ich konnte schon immer Schriften geschickt nachmachen, besonders die von Helene, was sie manchmal ziemlich auf die Palme gebracht hat.

Znorko: *(mit tonloser Stimme)* Dann waren Sie es?

Larsen: Seit zehn Jahren. Ein paar Mal die Woche. Fast jeden Tag.

Und Znorko läßt sich verstört auf die Couch fallen.

Larsen: Ich nehme an, daß Sie mir das nie verzeihen werden …

Znorko antwortet nicht. Larsen schaut ihn betrübt an.

Larsen: Ich wollte nicht, daß sie endgültig tot ist. Schrieb ich Ihnen, lebte sie weiter. Lebte weiter, wenn ich Ihre Briefe empfing. Sie zu lesen machte sie glücklich, mehr als glücklich. Und auch Sie, auch Sie waren glücklich, daß sie Ihnen geantwortet hat. Und ebenso glücklich war ich, ich, der ich zwischen euch beiden stand … Sie hatten vorhin recht: wir brauchen die Lüge. Man ist den Toten das Leben schuldig.

Beide schweigen lange. Znorko nimmt schnell das Buch. Er schlägt es auf und liest.

Znorko: »Ich küsse Dich auf die Lippen, auf die untere, die empfindlichere, auf die, die bei der Liebe stets anschwillt ...« Das haben Sie geschrieben?

Larsen: Hören Sie auf, mir ist das unangenehm!

Znorko: Das haben Sie geschrieben?

Larsen: Ich … ich habe in früheren Briefen nachgelesen … ich … ich habe mich informiert …

Znorko: Und … »ich liebkose Deine Schenkel, ganz oben, ganz innen, da, wo es warm ist, da, wo das Frösteln beginnt, das Deinen ganzen Körper durchläuft …«

Larsen: *(spielt verlegen den Ahnungslosen)* Bei mir ist das so, bei Ihnen nicht?

Znorko richtet sich böse auf. Larsen schaut bekümmert drein, als wäre er untröstlich. Znorko zielt drohend mit dem Gewehr auf ihn und geht auf Larsen los.

Znorko: Los, hauen Sie ab … hauen Sie ab … Und versuchen Sie zu laufen, schnell zu laufen … Diesmal habe ich nicht das Portal im Visier …

Larsen schaut ihn ohne Angst an.

Larsen: Das ist mir egal. Warum haben Sie diesen Briefwechsel veröffentlicht?

Er starrt Znorko an. Beide Männer rühren sich nicht. Und dann nimmt ihm Larsen plötzlich das Gewehr weg, reißt es ihm aus der Hand. Er behält es neben sich.

Larsen: Ich bin nur gekommen, um eine einzige Frage zu stellen, und ich wußte, was ich tat, als ich kam: warum haben Sie den Briefwechsel mit Helene veröffentlicht? Warum?

Znorko: Das geht Sie nichts an.

Larsen: Das geht mich wohl was an. Seit zehn Jahren weiß ich alles von dir, und ich habe Helene weiterleben lassen. Aber als du das Buch publiziert hast, hast du sie sterben lassen! Du hast sie getötet! Wäre das Buch nicht erschienen, hätte ich dir bis zu deinem Tod weiterschreiben können.

Larsen drückt ihm abrupt das Gewehr in die Hand, zwingt ihn fast, es zu nehmen. Znorko ist wieder in der Position des Überlegenen, aber versteht überhaupt nicht die Situation.

Larsen: Mein Tod ist mir vollkommen gleichgültig. Aber bevor du mich erschießt, mußt du mir sagen: warum?!

Znorko antwortet nicht. Larsen spricht wie beschwörend auf ihn ein.

Larsen: Abel Znorko, ich bin Helene. Seit zehn Jahren lieben wir uns durch sie, sagen uns alles dank ihr. Mit der Veröffentlichung dieses Buches hast du Helene getötet. Was hat dich dazu veranlaßt?

Znorko: (gibt plötzlich nach) Die Antwort steht da. *(Er senkt das Gewehr und zeigt auf den Brief in der Tasche von Larsen)* In dem letzten Brief. Den Sie ihr bringen sollten.

Larsen zieht den Brief hervor.

Znorko: (instinktiv) Nein, der ist nicht für Sie …

Larsen lächelt traurig. Znorko ebenfalls, stellt dann das Gewehr zur Seite. Larsen öffnet den Brief und liest. Gleichzeitig erklärt Znorko wie ein Schlafwandler:

Znorko: Ich habe Angst gehabt. Große Angst. Ich wollte Helene sehen. Sie hat abgelehnt.

Larsen: So war die Abmachung.

Znorko: So war die Abmachung.

Larsen hat den Brief zu Ende gelesen und faltet ihn zusammen. Er sieht Znorko mit Wärme an.

Larsen: (leise) Sie hätten mir ganz einfach die Wahrheit sagen sollen. Anstatt mich mit der Veröffentlichung des Buches zu provozieren.

Znorko: (wütend) Aber ich habe Ihnen nichts zu sagen! Ich habe Sie nicht provoziert, und ich will Sie auch nicht sehen! *(Er läßt sich erschöpft auf die Couch fallen)* Als mir mein Arzt sagte, daß ich Krebs habe, der mich langsam aber sicher auffrißt, da habe ich beschlossen, mich nicht behandeln zu lassen. Ich wollte nur noch das eine: Helene wiedersehen, aber ohne ihr zu sagen, daß es das letzte Mal wäre. Sie weigerte sich zu kommen, sie schob die Abmachung vor. Mir blieb nur noch eine Lösung: sie zu provozieren. Als mich dann mein Verleger hier besuchte, bin ich aufs Ganze gegangen, habe ihm das Bündel Briefe gegeben und gesagt: hier, mein neuer Roman. Er hat ihn sofort publiziert. Und ich habe auf eine Reaktion von Helene gewartet. Ich habe einen Wutanfall von ihr erwartet, dachte, sie würde postwendend hierherkommen, dachte … Aber nichts geschah.

Larsen: Wo steckt der Krebs?

Znorko: In der Lunge ... wie bei ihr ...

Larsen ist verzweifelt.

Larsen: Ich beneide Sie, so nah bei ihr zu sein ... und vielleicht so zu sterben wie sie.

Znorko: Ich glaube nicht, daß ich sterben werde. Ich habe es geglaubt. Man hat mich aufs Neue untersucht. Er bildet sich zurück.

Larsen: *(zweifelt)* Ist das wahr?

Znorko: Das ist wahr. *(Mit einem bitteren Lachen)* Ich gehöre wohl zu den Leichen, die man mehrmals verscharren muß.

Larsen: Ist das wahr?

Znorko antwortet nicht. Larsen geht vorsichtig zu ihm, legt ihm eine Hand auf die Schulter. Die Geste beruhigt Znorko.

Znorko: *(leise, ohne nachzudenken)* Wie auch immer, es macht mir nichts aus zu sterben ... wenn ich weiter schreiben kann. *(Pause)* Im Grunde habe ich immer gesagt, daß das Leben ein Betrug ist. Hineingeworfen hat man uns ohne unser Einverständnis, man reißt uns heraus ohne uns zu fragen. Glauben wir, endlich etwas berührt zu haben, verschwindet es auch schon. Lieben tun wir immer nur Phantome, und die anderen bleiben ein Rätsel, das wir niemals lösen können. *(Mit einem schmerzlichen Lachen)* Ich hatte mir vorgestellt, daß wenn ich sterbe, Schleier aufgehen würden, schöne, schwere, dichte Schleier, wie Unterröcke, so daß ich einen Augenblick lang, nur einen einzigen, flüchtig die Wahrheit erkennen könnte und ihre nackten Schenkel. Ich muß wohl schon tot sein.

Larsen: Ich werde bei Ihnen bleiben.

Znorko richtet sich auf und schaut Larsen ernst an.

Znorko: Nein, Sie müssen jetzt gehen. Selbstverständlich komme ich nicht mit nach Nobrowsnik. Nicht mit Ihnen. Ich werde hier um Helene trauern.

Larsen merkt, daß er dem verletzten Mann nicht widersprechen kann, er sammelt seine Sachen zusammen und will gehen. Im Gehen sucht er noch einen letzten Blickkontakt zu Znorko, aber vergeblich. Znorko, hilflos, endlich allein, taumelt ein wenig, setzt sich dann wie automatisch ans Klavier. Und er fängt an, die Enigma Variationen *zu spielen. Nach ein paar Sekunden kommt Larsen wieder zurück, geht langsam im Rhythmus der Musik auf Znorko zu und sagt sehr sanft:*

Larsen: Wissen Sie, als man sie vor zehn Jahren begrub, dachte ich, daß man zusammen mit Helene die Liebe begraben hätte. Und dann sind Sie gekommen und durch Sie Helene, und ich habe verstanden, daß die Erde doch nicht leer war.

Znorko: Für mich ist sie es.

Larsen: Was ist gegenseitige Liebe? Zwei Träume, die ganz zufällig miteinander harmonieren, ein glückliches Mißverständnis, ein von beiden Seiten gut verstandenes Mißverständnis ... Können wir uns nicht durch unsere Träume hindurch miteinander verständigen?

Znorko: (bricht mit dem Klavierspiel ab) Bedauere. Ich träume von einem anderen Geschlecht als Sie es sind.

Larsen: Ich habe in diesen zehn Jahren gelernt, daß die Liebe kein Geschlecht hat.

Znorko: Raus!

Larsen: (gehorsam wie ein Echo) Raus.

Er geht zur Tür und bleibt stehen.

Larsen: Man ist den Toten das Leben schuldig. Den Lebenden auch.

Znorko: Raus!

Larsen: (gehorsam wie ein Echo) Raus.

Larsen sieht, daß die Nacht anbricht. Er zittert plötzlich. Man versteht nun seine Einsamkeit, unter der er seit Monaten leidet.

Larsen: (wie zu sich selbst) Am Anfang habe ich dich nicht ausstehen können, Abel Znorko, deine Selbstgefälligkeit, deine Arroganz, deinen Ehrgeiz. Du hast mehr Zeit damit vertan, die Pose eines Genies einzunehmen, als es wirklich zu offenbaren; geschrieben habe ich dir nur, um Helene am Leben zu erhalten. Aber dann habe ich hinter all deinen Fehlern doch ein Licht entdeckt, ein einziges, eine kleine Flamme, wie die von einer Kerze, es flackerte, es rührte, es berührte, es war schrecklich: die Angst. *(Er geht zu ihm)* Du bestehst nur aus Angst, Abel Znorko, Angst vor dem Leben, vor dem du geflohen bist, Angst vor der Liebe, die du gemieden hast, Angst vor den Frauen, die du nur beschlafen hast. Du hast dich in deine Bücher zurückgezogen und auf diese Insel. Deswegen bist du so berühmt geworden und darum erkennt sich jeder Leser in dir wieder: du hast mehr Angst als alle anderen. Alles an dir ist maßlos, der Zorn und die Liebe, der Egoismus und die Zartheit, die Dummheit und die Intelligenz, all das sticht geradezu hervor, ist schroff, schneidend, man kommt sich wie in einem Irrgarten vor, man verläuft sich, man verliert sich, es ist wie das Leben. *(Pause, dann scheu)* Ich brauche Sie.

Znorko: Raus.

In der Ferne hört man das Nebelhorn der Fähre.

Larsen: *(besiegt)* Raus. *(Er kann sich nicht zum Gehen entschließen)* Was werden Sie tun?

Znorko: *(scherzhaft)* Alt werden. Seitdem ich Sie kenne, bin ich wohl reif dafür.

Larsen: Nein, Sie nicht.

Znorko: In Frieden alt werden, ohne Sorgen, ohne Nachkommen. Viel Geld und keine Verpflichtungen. Ich werde zu einem kompletten Idioten werden, Erik Larsen, aber zu einem glücklichen Idioten. Ich glaube an nichts mehr, vom Leben erwarte ich nur noch eine gute Verdauung und einen gesunden Schlaf. Die Leere, Erik Larsen, endlich die Leere. Dank Ihnen. Ergebensten Dank. Adieu.

Larsen sieht, daß es inzwischen Nacht geworden ist. Er fröstelt.

Larsen: Es ist dunkel ... es ist kalt ... *(Pause)* Adieu, Abel Znorko.

Er zittert, er sieht ganz klein aus. Dumpf tutet noch einmal die Fähre. Larsen geht ab. Sobald Abel Znorko wieder allein ist, denkt er nach und geht dann plötzlich durch die Tür hinten ab. Man hört zwei Schüsse. Schweigen. Dann das Geräusch von schnellen Schritten. Larsen kommt wieder zurück. Diesmal aber mit einem breiten Grinsen, als hätte ihm die Aufforderung gefallen. Finster kommt Abel Znorko herein, das Gewehr in der Hand. Ohne eine Wort zu sagen schaut er Larsen an.

Larsen: (fröhlich) Das Portal muß ausgewechselt werden. Sie haben es erschossen.

Znorko: *(verlegen)* Ich wollte Ihnen nur noch sagen ...

Larsen: Ja?

Znorko: Ich ... ich werde Ihnen schreiben ...

Eric-Emmanuel Schmitt: Theater zum Wiederlesen

Eric-Emmanuel Schmitt
Der Freigeist
Aus dem Französischen
von Annette und Paul Bäcker.
88 S., büttenkartoniert

Eric-Emmanuel Schmitt
Der Besucher
Aus dem Französischen
von Annette und Paul Bäcker.
80 S., büttenkartoniert

Eric-Emmanuel Schmitt
Hotel zu den zwei Welten
Aus dem Französischen
von Annette und Paul Bäcker.
112 S., büttenkartoniert

Eric-Emmanuel Schmitt
Gesammelte Stücke
Frédérick oder Boulevard des Verbrechens /
Enigma / Der Besucher / Der Freigeist
Aus dem Französischen
von Annette und Paul Bäcker.
384 S., gebunden

www.libelle.ch

Eric-Emmanuel Schmitt
seit Beginn des 3. Jahrtausends einer der meistgespielten Theaterautoren und
mit seinen Erzählungen (z. B. »Monsieur Ibrahim«) auf den Bestsellerlisten mehrerer Länder:
geboren 1960 in St. Foy Les Lyon,
studierte 1974–78 Musik am Konservatorium in Lyon.
Sein Philosophiestudium (1980–85 in Paris) schloß er mit einer Dissertation
über »Diderot und die Metaphysik« ab.
Von 1986 bis 1993 war er Lehrbeauftragter für Philosophie in Besançon
und an der Université de Savoie in Chambery.
Seit 1991 arbeitet er auch für Film und Fernsehen.
Seit Oktober 1997 erscheinen seine Theaterstücke als Bücher der Libelle.

Le Visiteur
Uraufführung 1993 in Paris,
deutschsprachige Erstaufführung (Der Besucher) 1996

Variations Enigmatiques
Uraufführung 1996 in Paris,
deutschsprachige Erstaufführung (Enigma) Oktober 1997

Le Libertin
Uraufführung 1997 in Paris,
deutschsprachige Erstaufführung (Der Freigeist) Oktober 1997

»Hôtel des deux mondes«
Uraufführung 1999 inParis,
deutschsprachige Erstaufführung (»Hotel zu den zwei Welten«) April 2000

Die deutschsprachigen Aufführungsrechte für dieses Werk
in der Übersetzung von Annette und Paul Bäcker werden vom
Theater Verlag Desch GmbH, Klugstraße 47a, D-80638 München, vergeben.

Umschlag und Gestaltung: PhloxArt
Gesamtherstellung: Pustet in Regensburg

5. Auflage 2007

www.libelle.ch

ISBN 978-3-909081-06-6